TRANZLATY

La langue est pour tout le monde

Mae iaith i bawb

Les Aventures d'Alice au Pays des Merveilles

Anturiaethau Alice yng Ngwlad Hud

Lewis Carroll

Français / Cymraeg

Dans le Terrier du Lapin
I lawr y twll cwningen

Alice commençait à être très fatiguée
Alice yn dechrau blino
Elle était assise à côté de sa sœur sur le talus d'herbe
Roedd hi'n eistedd wrth ei chwaer ar y lan laswellt
Mais elle n'avait rien à faire
Ond doedd ganddi ddim i'w wneud
Sa sœur lisait un livre
Roedd ei chwaer yn darllen llyfr
une ou deux fois, Alice jeta un coup d'œil dans le livre
Unwaith neu ddwywaith Alice peeped yn y llyfr
Mais le livre ne contenait ni images ni conversations
ond doedd gan y llyfr ddim lluniau na sgyrsiau ynddo
« À quoi sert un livre sans images ? » pensa Alice
"Pa ddefnydd yw llyfr heb luniau?" meddyliodd Alice
« Pourquoi un livre n'aurait-il pas de conversations ? »
Pam na fyddai llyfr yn cael unrhyw sgyrsiau?
Mais elle avait d'autres choses à considérer

Ond roedd ganddi bethau eraill i'w hystyried
« Faire une chaîne de marguerites serait un plaisir »
"Byddai gwneud cadwyn o leiais yn bleser"
**« Mais cela vaut-il la peine de se lever et de cueillir les
marguerites ?? »**
"Ond a yw'n werth yr ymdrech o godi a dewis y daisies??"
Ce n'était pas si facile d'y penser
Nid oedd mor hawdd meddwl amdano
parce que la journée la rendait somnolente et stupide
oherwydd bod y diwrnod yn gwneud iddi deimlo'n gysglyd
ac yn dwp
Mais soudain, ses pensées s'interrompirent
Ond yn sydyn torrwyd ar draws ei meddyliau
un lapin blanc aux yeux roses courait près d'elle
Cwningen wen gyda llygaid pinc yn rhedeg yn agos gan ei

Il n'y avait rien de trop remarquable chez le lapin
Doedd dim byd yn rhy ryfeddol am y gwningen
et Alice ne trouvait pas non plus le lapin remarquable
ac ni chredai Alice fod y gwningen yn rhyfeddol ychwaith

elle ne s'étonna pas non plus quand le Lapin parla
Ni wnaeth ychwaith ei synnu pan siaradodd y Gwningen
« Oh mon Dieu ! Je serai trop tard ! se dit-il
"Oh dear! Mi fydd hi'n rhy hwyr!" meddai wrtho'i hun
mais alors le Lapin a fait quelque chose que les lapins n'ont pas fait
ond yna gwnaeth y Gwningen rywbeth nad oedd cwningod yn ei wneud
le Lapin tira une montre de la poche de son gilet
cymerodd y Gwningen wyliadwriaeth allan o'i boced gwasg
Il regarda l'heure puis se hâta
Edrychodd ar y pryd ac yna rhuthro ymlaen
Alice se leva, stupéfaite
Alice got at ei thraed, yn syndod
Elle n'avait jamais vu un lapin avec un gilet auparavant !
Doedd hi erioed wedi gweld cwningen gyda chwincyn o'r blaen!
elle n'avait jamais vu non plus de lapin avec une montre !
Doedd hi erioed wedi gweld cwningen gyda gwyliadwriaeth!
Alice brûlait d'une nouvelle curiosité
Alice yn llosgi gyda chwilfrydedd newydd
et elle courut à travers le champ après le Lapin
ac fe redodd ar draws y cae ar ôl y Gwningen
Elle était juste à temps pour voir le lapin disparaître
roedd hi mewn pryd i weld y gwningen yn diflannu
Le lapin sauta dans un grand terrier de lapin
Neidiodd y gwningen i lawr i dwll cwningen fawr
Un instant plus tard, Alice s'est mise à courir après le lapin !
Mewn eiliad arall, aeth i lawr Alice ar ôl y cwningen!
Le terrier du lapin continuait tout droit comme un tunnel
Aeth y twll cwningen ymlaen yn syth fel twnnel
Et le tunnel a continué à avancer sur une certaine distance
a'r twnnel yn dal i fynd am gryn bellter
Et puis le chemin s'est soudainement incliné
ac yna'r llwybr yn sydyn yn disgyn i lawr
Alice n'eut pas un instant pour songer à s'arrêter
Doedd gan Alice ddim eiliad i feddwl am stopio ei hun

Elle s'est retrouvée à tomber et à tomber
cafodd ei hun yn syrthio i lawr ac i lawr ac i lawr
Il semblait qu'elle était tombée dans un puits très profond
roedd yn ymddangos fel pe bai hi wedi cwympo i lawr
ffynnon ddwfn iawn
**Ou le puits était très profond, ou bien elle tombait très
lentement**
Naill ai roedd y ffynnon yn ddwfn iawn, neu fe syrthiodd yn
araf iawn
parce qu'elle avait tout le temps de tomber
Oherwydd bod ganddi ddigon o amser i syrthio
alors qu'elle tombait, elle pouvait regarder tout autour d'elle
Wrth iddi gwympo, gallai edrych o'i chwmpas hi
D'abord, elle a essayé de comprendre où elle allait
Yn gyntaf, roedd hi'n ceisio darganfod lle roedd hi'n mynd.
mais le puits était trop sombre pour voir quoi que ce soit
Ond roedd y ffynnon yn rhy dywyll i weld unrhyw beth
Puis elle regarda les côtés du puits
Yna edrychodd ar ochrau'r ffynnon
Et elle remarqua qu'il y avait des placards tout autour d'elle
a sylwodd fod cypyrddau o'i chwmpas hi
et tout autour du puits il y avait des étagères de livres
Ac o gwmpas y ffynnon roedd silffoedd llyfrau
**Çà et là, elle voyait des cartes et des tableaux accrochés à des
piquets**
Yma ac acw gwelodd mapiau a lluniau yn hongian ar begiau
En passant, elle prit un bocal sur l'une des étagères
Tynnodd jar i lawr o un o'r silffoedd wrth iddi basio
Le pot a été étiqueté pour son contenu
Labelwyd y jar am ei gynnwys
« MARMELADE D'ORANGES »
"MARMALADE WEDI'I WNEUD O ORENNAU"
Mais, à sa grande déception, le pot de marmelade était vide
Ond, er siom fawr, roedd y marmalade jar yn wag
Elle ne voulait pas laisser tomber le pot de marmelade vide
Doedd hi ddim eisiau gollwng y jar marmalade gwag
et sa chute fut très lente

Ac roedd ei chwymp yn araf iawn
Elle a donc réussi à mettre le pot de marmelade dans l'un des placards
Felly llwyddodd i roi'r jar marmalade i mewn i un o'r cypyrddau
Tombée, descendue, tombée !
I lawr, i lawr mae hi'n syrthio!
La chute prendrait-elle fin ?
A fyddai'r cwymp byth yn dod i ben?
Il n'y avait rien d'autre à faire
Doedd dim byd arall i'w wneud
alors Alice commença bientôt à se parler à elle-même
felly Alice yn fuan dechreuodd siarad â hi ei hun
« Je vais beaucoup manquer à Dinah ce soir, je pense ! »
"Mi fydd Dinah yn fy ngweld i'n fawr heno, dylwn i feddwl!"
Dinah était le chat d'Alice
Dinah oedd cath Alice
« J'espère qu'ils se souviendront de sa soucoupe de lait à l'heure du thé »
"Gobeithio y byddan nhw'n cofio ei soser o laeth amser te"
« Dinah, ma chère, je voudrais que tu sois ici avec moi ! »
"O na, fy anwylyd, hoffwn pe byddech chi yma gyda mi!"
Alice sentit qu'elle s'assoupissait
Roedd Alice yn teimlo ei bod hi'n dozing off
Et puis soudain, bruit sourd ! bourrade!
Ac yna yn sydyn, twmp! dyrnu!
Elle tomba sur un tas de bâtons
i lawr syrthiodd ar y domen o ffyn
et elle atterrit sur un tas de feuilles sèches
ac fe laniodd ar y bentwr o ddail sych
et enfin la longue chute dans le trou était terminée
ac o'r diwedd roedd y gwymp hir i lawr y twll drosodd
Alice n'était pas du tout blessée
Nid oedd Alice yn brifo ychydig
Et elle se leva d'un bond au bout d'un instant
ac mae hi'n neidio i fyny o fewn munud
Elle leva les yeux, mais il faisait noir au-dessus de sa tête

Edrychodd i fyny, ond roedd y cyfan yn dywyll.
Devant elle se trouvait un autre long couloir
o'i blaen roedd coridor hir arall
et le Lapin Blanc était toujours en vue
ac roedd y Gwningen Gwyn yn dal i fod yn y golwg
Il se hâtait dans le couloir
Roedd yn brysio i lawr y coridor
Il n'y avait pas un instant à perdre
Nid oedd munud i'w golli
Alice s'enfuit comme le vent
Alice fel y gwynt
Au coin de la rue, le lapin s'est retourné
rownd y gornel troi y gwningen
Elle était juste à temps pour entendre le lapin
Roedd hi mewn pryd i glywed y cwningen
« "Oh, mes oreilles et mes moustaches »
"O, fy nghlustiau a'm gwisgoedd"
« Comme il est tard ! »
Pa mor hwyr mae'n cyrraedd!
Elle était tout près derrière le lapin
Roedd hi'n agos tu ôl i'r gwningen
Elle tourna au détour d'un autre coin
Trodd o gwmpas cornel arall
mais le Lapin n'était plus visible
ond nid oedd y Gwningen i'w weld mwyach
Elle se retrouva dans une longue salle basse
Cafodd ei hun mewn neuadd hir, isel
La salle était éclairée par une rangée de plafonniers
goleuwyd y neuadd gan res o lampau nenfwd
Il y avait des portes tout autour de la salle
Roedd drysau o gwmpas y neuadd i gyd
mais toutes les portes étaient fermées à clé
Ond mae'r drysau i gyd wedi eu cloi
Elle marcha tout le long d'un côté de la salle
Cerddodd yr holl ffordd i lawr un ochr i'r neuadd
et elle avait fait tout le chemin de l'autre côté de la salle
Ac roedd hi wedi cerdded yr holl ffordd i fyny ochr arall y

neuadd
Elle avait essayé toutes les portes
Roedd hi wedi rhoi cynnig ar bob drws
et elle marchait tristement au milieu de la salle
a cherddodd yn drist i lawr canol y neuadd
« Comment vais-je jamais en sortir ? »
"Sut ydw i'n mynd i fynd allan eto?"

Tout à coup, elle tomba sur une petite table
Yn sydyn daeth hi ar fwrdd bach
La table était entièrement en verre massif
Mae'r bwrdd wedi'i wneud yn gyfan gwbl o wydr solet
Il n'y avait rien sur la table à part une petite clé dorée
Nid oedd dim ar y bwrdd ond allwedd aur fach
La clé pourrait appartenir à l'une des portes !
Efallai bod yr allwedd yn perthyn i un o'r drysau!
Mais, hélas ! Certaines serrures étaient trop grandes pour les clés

Ond, gwaetha'r modd! Roedd rhai o'r cloeon yn rhy fawr ar gyfer yr allweddi
et pour les autres serrures, la clé était trop petite
Ac ar gyfer y cloeon eraill roedd yr allwedd yn rhy fach
mais, en tout cas, la clef n'ouvrit aucune des portes
Ond, ar unrhyw gyfradd, nid yw'r allwedd yn agor yr un o'r drysau
Mais que devait-elle faire ?
Ond beth oedd hi i'w wneud?
Elle traversa de nouveau le couloir
Aeth hi trwy'r neuadd eto
et cette fois, elle remarqua un rideau bas
a'r tro hwn sylwodd ar len isel
Derrière le rideau se trouvait une petite porte
tu ôl i'r llenni roedd drws bach
La porte avait une quinzaine de pouces de haut
Roedd y drws tua 15 modfedd o uchder
Elle essaya la petite clé dorée dans la serrure
Rhoddodd gynnig ar yr allwedd aur fach yn y clo
Et à sa grande joie, la clé s'est glissée dans la serrure !
ac i'w hyfrydwch mawr, yr allwedd yn ffitio yn y clo!
Alice ouvrit la porte
Alice yn agor y drws
et elle trouva la porte qui donnait sur un petit couloir
a daeth o hyd i'r drws yn cael ei arwain i goridor bach
Le couloir n'était pas beaucoup plus grand qu'un trou à rats
Nid oedd y coridor yn llawer mwy na twll llygod mawr
Elle s'agenouilla et regarda le long du couloir
Syrthiodd i lawr ac edrych ar hyd y coridor
et elle a vu le plus beau jardin que vous ayez jamais vu
a hi a welodd yr ardd harddaf a welaist ti erioed
comme elle avait envie de sortir de cette salle sombre
sut yr oedd hi'n dyheu am fynd allan o'r neuadd dywyll honno
comme elle voulait se promener parmi ces fleurs lumineuses
sut yr oedd hi eisiau crwydro ymysg y blodau llachar hynny
Comme ces fontaines avaient l'air cool et rafraîchissantes

pa mor oer adfywio'r ffynhonnau hynny yn edrych

Mais elle ne pouvait même pas passer la tête par la porte

ond doedd hi ddim hyd yn oed yn gallu cael ei phen drwy'r drws

— Oh ! dit Alice d'un ton lugubre

'O!' meddai Alice, yn drist

comme je voudrais pouvoir me plier comme un télescope !

"Sut hoffwn pe bawn i'n gallu plygu i fyny fel telesgop!"

« Je pense que je pourrais me plier comme un télescope »

"Rwy'n credu y gallwn i blygu i fyny fel telesgop"

« Si seulement je savais par où commencer »

"Pe bawn i ond yn gwybod sut i ddechrau"

Alice retourna à la table

Aeth Alice yn ôl at y bwrdd

Il y avait la chance de trouver une autre clé

Roedd cyfle i ddod o hyd i allwedd arall

Ou il pourrait y avoir un livre de règles

Neu efallai bod llyfr o reolau

Le livre pourrait lui apprendre à se plier comme un télescope

Gallai'r llyfr ddweud wrthi sut i blygu i fyny fel telesgop

Cette fois, elle trouva une petite bouteille

Y tro hwn daeth o hyd i botel fach

« cette bouteille n'était certainement pas là auparavant, » dit Alice

"doedd y botel hon ddim yma o'r blaen," meddai Alice

et autour du goulot de la bouteille était attachée une étiquette en papier

ac wedi'i glymu o amgylch gwddf y botel oedd label papur

L'étiquette était magnifiquement imprimée en grandes lettres

Argraffwyd y label yn hyfryd mewn llythrennau mawr

« BOIS-MOI »

'YFED FI'

« Non, je vais regarder d'abord », a-t-elle dit

"Nac ydw, byddaf yn edrych yn gyntaf," meddai

« Je vais voir si la bouteille est marquée comme toxique ou non, »

"Gwelaf a yw'r botel wedi'i marcio fel gwenwynig ai peidio,"
Parce qu'elle n'a jamais oublié la leçon sur le poison
am nad anghofiodd hi erioed y wers am wenwyn
« Si une bouteille est étiquetée comme toxique, elle est forcément en désaccord avec vous »
"Os yw potel wedi'i labelu'n wenwynig, mae'n sicr o anghytuno â chi"
Cependant, cette bouteille n'a pas été marquée comme toxique
Fodd bynnag, nid oedd y botel hon wedi'i marcio fel gwenwynig
alors Alice se hasarda à goûter le contenu de la bouteille
felly mentrodd Alice i flasu cynnwys y botel
Elle trouva le liquide tout à fait à son goût
roedd hi'n dod o hyd i'r hylif yn eithaf i'w hoffter
La boisson avait une sorte de saveur mélangée
Roedd gan y ddiod flas cymysg
tarte aux cerises, crème pâtissière et ananas
ceirios-tart, cwstard, a phîn-afal
Rôtir la dinde, le caramel et le pain grillé au beurre chaud
twrci rhostio, toffe, a thost gyda menyn poeth
et elle finit bientôt la bouteille
ac yn fuan fe orffennodd hi oddi ar y botel
« Quelle curieuse sensation ! » dit Alice
"Am deimlad rhyfedd!" meddai Alice
« Je me plie comme un télescope ! »
"Rwy'n plygu i fyny fel telesgop!"
Et elle se repliait comme un télescope !
Ac roedd hi'n plygu i fyny fel telesgop yn wir!
Elle n'avait plus que dix pouces de haut
Erbyn hyn roedd hi ond 10 modfedd o uchder
et son visage s'éclaira à ses pensées
a disgleiriodd ei wyneb wrth ei meddyliau
Maintenant, elle était de la bonne taille pour la petite porte
Nawr hi oedd y maint cywir ar gyfer y drws bach
Maintenant, elle pouvait aller dans ce joli jardin
Nawr gallai hi fynd i mewn i'r ardd hyfryd honno

Bientôt, elle a cessé de devenir plus petite
Yn fuan fe stopiodd fynd yn llai
Elle décida d'aller tout de suite dans le jardin
Penderfynodd fynd i'r ardd ar unwaith
mais, hélas pour la pauvre Alice !
ond, alas am Alice druan!
Elle arriva à la porte
Mae hi wedi cyrraedd y drws
Mais elle avait oublié la petite clé d'or
Ond roedd hi wedi anghofio'r allwedd aur fach
Elle retourna à la table pour prendre la clé
Aeth yn ôl at y bwrdd ar gyfer yr allwedd
Mais elle s'aperçut qu'elle ne pouvait pas atteindre assez haut
Ond fe wnaeth hi ddarganfod na allai gyrraedd digon uchel
Elle pouvait voir la clé très distinctement à travers la vitre
Roedd hi'n gallu gweld yr allwedd yn eithaf amlwg drwy'r gwydr
Elle essaya de grimper sur les pieds de la table
Ceisiodd ddringo coesau'r bwrdd
Mais le verre était beaucoup trop glissant
ond roedd y gwydr yn llawer rhy llithrig
Finalement, elle s'est fatiguée à essayer
Yn y diwedd, blinodd ei hun allan gyda cheisio
et la pauvre petite fille s'assit et pleura
a'r eneth fach druan yn eistedd i lawr ac yn llefain
Alice se parlait à elle-même assez vivement
Siaradodd Alice yn eithaf craff â hi ei hun
« Allons, ça ne sert à rien de pleurer comme ça ! »
"Dewch, does dim pwrpas crio fel yna!"
« Je vous conseille d'arrêter tout de suite ! »
"Rwy'n eich cynghori i roi'r gorau i'r funud hon!"
Elle se donnait généralement de très bons conseils
Yn gyffredinol, rhoddodd gyngor da iawn i'w hun
bien qu'elle suivît très rarement ses propres conseils
Er mai anaml iawn y dilynodd ei chyngor ei hun
Et elle était parfois trop dure envers elle-même

ac roedd hi weithiau'n rhy llym arni hi ei hun

et ses paroles lui firent monter les larmes aux yeux

a'i geiriau hi a ddagrau i'w llygaid hi

Bientôt, son regard tomba sur une petite boîte en verre

Yn fuan syrthiodd ei llygad ar focs gwydr bach

La petite boîte de verre était posée sous la table

Roedd y blwch gwydr bach yn gorwedd o dan y bwrdd

Dans la boîte en verre se trouvait un tout petit gâteau

Yn y bocs gwydr roedd cacen fach iawn

Sur le gâteau, quelques mots étaient magnifiquement écrits

Ar y gacen ysgrifennwyd rhai geiriau yn hyfryd

les mots avaient été marqués dans des groseilles

Mae'r geiriau wedi eu marcio mewn cyrens

« MANGE-MOI »

'BWYTA FI'

« Eh bien, je vais manger le gâteau », dit Alice

'Wel, fe fydda i'n bwyta'r gacen,' meddai Alice

« et si le gâteau me fait grossir, je peux atteindre la clé »

"Ac os yw'r gacen yn gwneud i mi dyfu'n fwy, gallaf gyrraedd yr allwedd"

« et si le gâteau me fait rapetisser, je peux me glisser sous la porte »

"Ac os yw'r gacen yn gwneud i mi dyfu'n llai, gallaf ymlusgo o dan y drws"

« Donc, de toute façon, j'irai dans le jardin »

"Y naill ffordd neu'r llall, byddaf yn mynd i mewn i'r ardd"

« Et peu m'importe lequel des deux arrive ! »

"Dydw i ddim yn poeni pa un o'r ddau sy'n digwydd!"

Elle a mangé un peu du gâteau

Roedd hi'n bwyta ychydig o'r gacen

et elle se parla anxieusement à elle-même :

Ac mae hi'n siarad yn bryderus â hi ei hun:

« Dans quel sens ? Dans quel sens ?

Pa ffordd? Pa ffordd?"

et elle posa la main sur sa tête

A hi a estynnodd ei llaw ar ei phen

Elle voulait sentir de quelle façon elle grandissait

Roedd hi eisiau teimlo sut roedd hi'n tyfu
Elle fut très surprise de découvrir ce qui s'était passé
Roedd hi'n synnu o weld beth oedd wedi digwydd
Elle était restée de la même taille !
Roedd hi wedi aros yr un maint!
Cette fois, elle redoubla donc d'efforts
felly y tro hwn fe ddyblodd ei hymdrechion
Et bientôt, elle termina tout le gâteau
ac yn fuan fe orffennodd hi oddi ar y gacen gyfan

La mare de larmes

Y Pwll o Dagrau

« Cela devient de plus en plus intéressant ! » s'écria Alice

"Mae'n dod yn fwy a mwy diddorol!" gwaeddodd Alice

Vous pouvez voir qu'elle était très surprise

Gallwch weld ei fod yn synnu

« Je m'ouvre comme le plus grand télescope qui ait jamais existé ! »

"Rwy'n agor allan fel y telesgop mwyaf a fu erioed!"

« Au revoir, les pieds ! Oh, mes pauvres petits pieds"

"Hwyl fawr, traed! Fy nhraed bach tlawd"

« Je me demande qui va vous mettre vos chaussures maintenant, mes chères ? »

"Tybed pwy fydd yn gwisgo eich esgidiau i chi nawr, ddagrau?"

et je me demande qui mettra vos bas ?

"A tybed pwy fydd yn gwisgo eich hosanau?"

« Je serai beaucoup trop loin »

"Mi fydda i'n rhy bell i ffwrdd"

« Je ne pourrai plus me soucier de toi »

"Ni fyddaf yn gallu cael trafferth gyda chi mwyach"

Juste à ce moment, sa tête heurta quelque chose

Dim ond ar hyn o bryd ei phen yn taro yn erbyn rhywbeth

Elle avait atteint le toit de la salle

Roedd hi wedi cyrraedd to'r neuadd

En fait, elle mesurait maintenant plus de deux mètres

Mewn gwirionedd, roedd hi bellach yn fwy na dwy metr o daldra

et elle prit aussitôt la petite clef d'or

Ac ar unwaith cymerodd yr allwedd aur fach

et elle se précipita vers la porte du jardin

a hi a frysiodd i ddrws yr ardd

Pauvre Alice ! Il n'y avait pas grand-chose qu'elle pouvait faire

Alice druan! Doedd dim llawer y gallai hi ei wneud

Elle s'allongea sur le côté

Mae hi'n gorwedd ar un ochr

et elle regarda d'un œil dans le jardin

ac edrychodd drwodd i'r ardd gydag un llygad

Mais s'en sortir était plus désespéré que jamais

ond roedd mynd trwodd yn fwy anobeithiol nag erioed

Elle s'est assise et a recommencé à pleurer

Eisteddodd i lawr a dechrau crio eto

Elle a continué à verser des litres de larmes

Aeth ar daflu galwyni o ddagrau

Bientôt, il y eut une grande flaque tout autour d'elle

Yn fuan roedd pwll mawr o'i chwmpas hi

et l'eau atteignait la moitié du couloir

a chyrhaeddodd y dŵr hanner ffordd i lawr y neuadd

Au bout d'un moment, elle entendit un petit claquement de pieds

Ar ôl ychydig o amser clywodd pattering bach o draed

Elle entendit les pas venir de loin

Clywodd hi'r traed yn dod o'r pellter

et elle s'essuya vivement les yeux pour voir ce qui allait arriver

a sychodd ei llygaid ar frys i weld beth oedd yn dod

C'était le retour du Lapin Blanc

Yr oedd y Gwningen Gwyn yn dychwelyd

Il était magnifiquement vêtu

Cafodd ei wisgo yn ddi-fai

Il avait une paire de gants blancs dans une main

Roedd ganddo bâr o fenig gwyn mewn un llaw

et il avait un grand éventail de plumes dans l'autre main

ac roedd ganddo gefnogwr plu mawr yn y llaw arall

Il arriva en trottinant en toute hâte

Daeth yn trafaelio ar frys mawr

et il murmura en lui-même : « Oh ! la duchesse, la duchesse !

Ac efe a gwanodd iddo'i hun, "O! y dduges a'r dduges !"

« Ah ! ne serait-elle pas sauvage si je l'ai fait attendre !

"O! Fydd hi ddim yn gyndyn os dwi wedi ei chadw hi yn aros!"

Quand le Lapin s'approcha d'elle, Alice prit la parole
Pan ddaeth y gwningen yn agos ati, siaradodd Alice
Mais elle parlait d'une voix basse et timide
Ond roedd hi'n siarad mewn llais isel, gwan
« Monsieur, s'il vous plaît, arrêtez ce que vous faites un instant »
"Syr, stopiwch yr hyn rydych chi'n ei wneud am eiliad"
Le Lapin sursauta violemment
Cychwynnodd y cwningen yn dreisgar
Il laissa tomber les gants blancs et l'éventail de plumes
gollyngodd y menig gwyn a'r ffan plu
et il s'enfuit dans les ténèbres aussi vite qu'il le put
Ac efe a aeth ymaith i'r tywyllwch cyn gynted ag y gallai
Alice ramassa l'éventail en plumes et les gants
Alice yn codi'r ffan plu a'r menig
Et elle n'arrêtait pas de s'éventer tout en parlant
ac roedd hi'n dal i ffansio ei hun tra roedd hi'n dal i siarad
« Cher, cher ! Comme tout est étrange aujourd'hui !
"Annwyl iawn, annwyl! Mor rhyfedd yw popeth heddiw!
« Hier, les choses se sont passées comme d'habitude »

"Aeth pethau ymlaen fel arfer ddoe"
« Étais-je le même quand je me suis levé ce matin ? »
"A oeddwn i yr un peth pan godais y bore 'ma?"
« Mais si je ne suis pas le même, il y a une autre question »
"Os nad ydw i yr un peth, mae cwestiwn arall"
« Qui suis-je ? »
"Pwy yn y byd ydw i?"
« Ah, c'est le grand casse-tête ! »
"O, dyna'r pos mawr!"
En disant cela, elle baissa les yeux sur ses mains
Wrth iddi ddweud hyn, roedd hi'n edrych i lawr ar ei dwylo
Elle portait l'un des petits gants blancs du lapin
Roedd hi'n gwisgo un o fenig gwyn bach y cwningod
Elle n'avait pas remarqué qu'elle avait mis le gant en parlant
Doedd hi ddim wedi sylwi ei bod hi'n rhoi'r faneg ymlaen
wrth siarad
« Comment ai-je pu faire cela ? » a-t-elle pensé
"Sut alla i fod wedi gwneud hynny?" meddyliodd
« Je dois redevenir petit »
'Rhaid i mi dyfu eto'
Elle se leva et s'approcha de la table pour mesurer sa taille
Cododd ac aeth at y bwrdd i fesur ei thaldra
Elle a découvert qu'elle mesurait maintenant environ un
demi-mètre
canfu ei bod bellach tua hanner medr o daldra
et elle rétrécissait encore rapidement
Ac roedd hi'n dal i grebachu'n gyflym
Elle découvrit rapidement quelle était la cause de ce
rétrécissement
Buan y darganfu beth oedd achos y crebachu
L'éventail de plumes la rendait encore plus petite !
Roedd y ffan plu yn ei gwneud hi'n llai eto!
et elle laissa tomber l'éventail de plumes à la hâte
ac fe ollyngodd hi'r gefnogwr plu yn frysiog
Elle laissa tomber l'éventail de plumes juste à temps pour se
sauver
Gollyngodd y gefnogwr plu mewn pryd i achub ei hun

**Si elle s'était éventée plus longtemps, elle se serait
complètement retirée**
Pe bai hi wedi ffansio ei hun mwyach byddai hi wedi
crebachu'n gyfan gwbl
« C'était une échappatoire de justesse ! » dit Alice
"Roedd hynny'n ddihangfa gul!" meddai Alice
et elle fut bien effrayée de ce changement soudain
ac roedd hi'n dipyn o ofn ar y newid sydyn
**mais elle était très heureuse de se trouver encore en
existence**
Ond roedd hi'n falch iawn o gael ei hun yn dal i fodoli
« Et maintenant, en route pour le jardin ! »
"Ac yn awr, ewch i'r ardd!"
Et elle courut à toute vitesse vers la petite porte
A rhedodd gyda phob cyflymder yn ôl i'r drws bach
Mais, hélas ! La petite porte fut refermée
Ond, gwaetha'r modd! Roedd y drws bach ar gau eto
**et la petite clé d'or était de nouveau posée sur la table de
verre**
Ac roedd yr allwedd aur fach yn gorwedd ar y bwrdd gwydr
eto
« Les choses sont pires que jamais », pensa le pauvre enfant
"Mae pethau'n waeth nag erioed," meddyliodd y plentyn
tlawd
« Je n'ai jamais été aussi petit que ça auparavant, jamais ! »
"Doeddwn i erioed mor fach â hyn o'r blaen, byth!"
En prononçant ces mots, son pied glissa
Fel y dywedodd hi y geiriau hyn, llithrodd ei droed
et un instant plus tard, il y eut une grande éclaboussure !
Ac mewn eiliad arall roedd yna sblash gwych!
Elle était dans l'eau salée jusqu'au menton
Roedd hi i fyny at ei ên mewn dŵr hallt
**Sa première idée fut qu'elle était tombée d'une manière ou
d'une autre dans la mer**
Ei syniad cyntaf oedd ei bod rywsut wedi syrthio i'r môr
**Cependant, elle s'est vite rendu compte dans quoi elle se
trouvait**

Fodd bynnag, sylweddolodd yn fuan beth oedd hi yn
Elle était dans une mare de larmes
Roedd hi mewn pwll o ddagrau
les larmes qu'elle avait versées quand elle avait deux mètres
de haut
y dagrau yr oedd hi wedi wylo pan oedd hi'n ddwy fetr o
daldra

Juste à ce moment-là, elle entendit quelque chose
Yna clywodd rywbeth
Quelque chose barbotait dans la mare
Roedd rhywbeth yn sblasio yn y pwll
Les éclaboussures venaient d'un peu de loin
Daeth y sblasio o ychydig ffordd i ffwrdd
et elle nagea plus près pour voir ce que c'était que les
éclaboussures
a hi a dyngodd yn nes i weld beth oedd y sblasio
Elle vit bientôt que ce n'était qu'une petite souris
Gwelodd yn fuan mai dim ond ychydig o llygoden oedd hi

La petite souris s'était également glissée dans l'eau
Roedd y llygoden fach wedi llithro i mewn i'r dŵr hefyd
Alice réfléchit à la situation
Meddyliodd Alice ei hun am y sefyllfa
« Serait-il utile de parler à cette souris ? »
"A fyddai o unrhyw ddefnydd i siarad â'r llygoden hon?"
« Tout est tellement à l'envers ici »
"Mae popeth yn dod i lawr yma"
« Je pense que c'est très probable que cette souris peut parler »
"Dylwn i feddwl yn debygol iawn y gall y llygoden hon siarad"
« En tout cas, il n'y a pas de mal à essayer »
"Ar unrhyw gyfradd, nid oes unrhyw niwed wrth geisio"
Alors elle a commencé à essayer de parler à la souris
Felly dechreuodd hi geisio siarad â'r llygoden
« Oh Souris, sais-tu comment sortir de cette mare ? »
"Oh Mouse, ydych chi'n gwybod y ffordd allan o'r pwll hwn?"
« Je suis bien fatigué de nager ici, ô souris ! »
"Dwi'n flinedig iawn o nofio o gwmpas fan hyn, Oh Mouse!"
La souris la regarda d'un air assez inquisiteur
Edrychodd y llygoden arni braidd yn chwilfrydig
La souris semblait cligner de l'œil avec l'un de ses petits yeux
Mae'n ymddangos bod y llygoden yn gwingo gydag un o'i lygaid bach
Mais la petite souris ne dit rien
Ond nid yw'r llygoden fach yn dweud dim
« Peut-être la souris ne comprend-elle pas l'anglais », pensa Alice
"Efallai nad yw'r llygoden yn deall Saesneg," meddyliodd Alice
« J'ose dis-le que c'est une souris française »
"Rwy'n meiddio dweud ei fod yn llygoden Ffrengig"
« peut-être que cette souris est venue avec Guillaume le Conquérant »
"Efallai bod y llygoden hon wedi dod drosodd gyda William y

Concwerwr"
Alors elle a recommencé, en français
Dechreuodd eto, yn Ffrangeg
« Où est mon chat ? » a-t-elle demandé en français
"Ble mae fy nghath i?" gofynnodd yn Ffrangeg
c'était la première phrase de son livre de leçons de français
hwn oedd y frawddeg gyntaf yn ei werslyfr Ffrangeg
La souris fit un saut soudain hors de l'eau
Rhoddodd y llygoden naid sydyn allan o'r dŵr
et la souris semblait frémir de frayeur
ac roedd y llygoden yn ymddangos i chwifio drosodd gyda
ofn
— Oh ! je vous demande pardon ! s'écria vivement Alice
"O, erfyniaf ar eich pardon!" gwaeddodd Alice ar frys.
Elle craignait d'avoir blessé les sentiments du pauvre animal
roedd arni ofn ei bod wedi brifo teimladau'r anifail tlawd
« J'oubliais que tu n'aimais pas les chats »
"Roeddwn i'n anghofio nad oeddech chi'n hoffi cathod"
**« Je n'aime pas les chats ! » cria la Souris d'une voix aiguë et
passionnée**
"Dydw i ddim yn hoffi cathod!" gwaeddodd y Llygoden
mewn llais gleisiol, angerddol
« Voudrais-tu des chats, si tu étais moi ? »
"Fyddet ti'n hoffi cathod pe bai ti'n fi?"
Alice réconforta la souris d'un ton apaisant
Cysurodd Alice y llygoden mewn tôn lleddfol
**« Eh bien, peut-être que je n'aimerais pas non plus les chats
si j'étais vous »**
"Wel, efallai na fyddwn i'n hoffi cathod pe bawn i ti chwaith"
**« S'il vous plaît, ne soyez pas en colère à propos de la
mention des chats »**
"Peidiwch â bod yn ddig am y sôn am gathod"
**« Et pourtant, j'aimerais pouvoir te montrer notre chat
Dinah »**
Ac eto yr wyf yn dymuno gallwn i ddangos i chi ein cath
Dina. "
« Si vous la rencontriez, je pense que vous prendriez goût

aux chats »

"Pe baech chi'n cwrdd â hi, rwy'n credu y byddech chi'n cymryd ffansi i gathod"

« Si seulement vous pouviez la voir »

'Pe byddech chi'n ei gweld hi yn unig'

« Elle est une chose si chère et si calme »

"Mae hi'n beth mor annwyl a thawel"

La souris tremblait de partout

Roedd y llygoden yn ysgwyd ar hyd a lled

Alice était certaine que la souris devait être vraiment offensée

Roedd Alice yn teimlo'n sicr bod yn rhaid tramgwyddo'r llygoden mewn gwirionedd

« On ne parlera plus d'elle, si tu préfères ne pas le faire »

"Fyddwn ni ddim yn siarad amdano mwyach, os byddai'n well gennych chi beidio â gwneud hynny"

« Nous, en effet ! » s'écria la Souris

"Ydym, yn wir!" gwaeddodd y llygoden

La souris tremblait jusqu'au bout de sa queue

roedd y llygoden yn crynu i lawr hyd at ddiwedd ei gynffon

« Comme si je voulais parler d'un tel sujet ! »

"Fel pe bawn i'n siarad am bwnc o'r fath!"

« Notre famille a toujours détesté les chats »

"Roedd ein teulu ni wastad yn casáu cathod"

"Les chats ; des choses méchantes, basses, vulgaires !

"cathod; pethau cas, isel, di-fwlch!"

« Ne me laissez plus entendre le nom ! »

"Peidiwch â gadael i mi wybod yr enw eto!"

— Je ne parlerai plus des chats, en effet, dit Alice

"Wna i ddim sôn am gathod eto yn wir!" meddai Alice

Elle était très pressée de changer de sujet

Roedd hi ar frys i newid y pwnc

"Êtes-vous... Aimez-vous les chiens ?

"Ydych chi'n... Ydych chi'n hoff o cŵn?"

« Il y a un petit chien si gentil près de notre maison, »

"Mae ci bach mor braf yn agos i'n tŷ ni,"

« Je voudrais te montrer le petit chien ! »

"Mi ddylwn i ddangos y ci bach i chi!"
"Ce petit chien tue tous les rats et...
"Mae'r ci bach yma yn lladd yr holl lygod mawr a...
« Oh ! mon Dieu ! » s'écria Alice d'un ton triste
"O, annwyl!" gwaeddodd Alice mewn tôn drist
« J'ai peur de t'avoir encore offensé ! »
"Rwy'n ofni fy mod wedi eich sarhau eto!"
La souris nageait loin d'elle aussi vite qu'elle le pouvait
roedd y llygoden yn nofio i ffwrdd oddi wrthi cyn gynted ag y
gallai fynd
et la souris fit tout un vacarme dans la mare
a gwnaeth y llygoden gryn gynnwrf yn y pwll
Alors elle appela doucement la souris
Felly galwodd yn feddal ar ôl y llygoden
« Ma chère souris, s'il vous plaît, revenez ! »
"Annwyl llygoden, dewch yn ôl!"
« Et nous ne parlerons pas des chats »
"Fyddwn ni ddim yn siarad am gathod"
« Et nous n'avons pas non plus besoin de parler des chiens »
"A does dim rhaid i ni siarad am gŵn chwaith"
Quand la souris entendit cela, elle se retourna
Pan glywodd y llygoden hyn, fe drodd o gwmpas
et la petite souris nagea lentement vers elle
a'r llygoden fach yn swatio'n araf yn ôl ati
Le visage de la souris était assez pâle
Roedd wyneb y llygoden yn eithaf llachar
et la souris parla d'une voix basse et tremblante
a'r llygoden yn siarad, mewn llais isel, crynu
« Allons à la rive »
'Gadewch i ni fynd i'r lan'
« et ensuite je vous raconterai mon histoire »
"Ac yna byddaf yn dweud fy hanes wrthych"
**« et vous comprendrez pourquoi c'est moi qui déteste les
chats et les chiens »**
"A byddwch yn deall pam ei fod yn Rwy'n casáu cathod a
chŵn"
Il était grand temps de partir

Roedd hi'n hen bryd mynd
parce que la piscine devenait assez bondée
oherwydd bod y pwll yn mynd yn eithaf gorlawn
D'autres oiseaux et animaux étaient tombés dans la mare
Roedd adar ac anifeiliaid eraill wedi syrthio i'r pwll
il y avait un Canard et un Dodo
roedd Hwyaden a Dodo
et il y avait un oiseau Lory et un aiglon
ac yr oedd aderyn Lory a Eryr
et il y avait plusieurs autres créatures intéressantes
ac yr oedd sawl creadur diddorol arall yn edrych
Alice a ouvert la voie à la sortie de la piscine
Alice yn arwain y ffordd allan o'r pwll
et toute la troupe des animaux nagea jusqu'au rivage
a'r holl barti o anifeiliaid yn nofio i'r lan

Une course de caucus et une longue traîne

Ras cacws a chynffon hir

C'était en effet une bande d'animaux à l'allure amusante

Yn wir, roedden nhw'n griw doniol o anifeiliaid

et ils se rassemblèrent tous sur le bord de l'eau

Ac maent i gyd yn ymgynnull ar lan y dŵr

Les oiseaux avaient tous des plumes débraillées

Roedd gan yr adar i gyd blu bedraggled

et les animaux à fourrure étaient trempés

a'r anifeiliaid blewog yn cael eu socian trwy

et tous étaient trempés, agacés et mal à l'aise

ac roedd pob un yn diferu gwlyb, cythruddo ac anghyfforddus

Il y avait une question à laquelle il fallait répondre en premier

Roedd un cwestiwn yr oedd yn rhaid ei ateb yn gyntaf

Quelle est la meilleure façon pour tout le monde de se sécher ?

Beth yw'r ffordd orau i bawb fynd yn sych?

Ils ont tenu une consultation à ce sujet

Cawsant ymgynghoriad ar y mater hwn

Bientôt, ils furent tous en bons termes

yn fuan roedden nhw i gyd ar delerau cyfarwydd

C'était comme si elle les avait connus toute sa vie

Roedd hi fel petai hi wedi eu hadnabod ar hyd ei hoes.

La souris semblait être une personne d'une certaine autorité

ymddengys bod y llygoden yn berson o ryw awdurdod

« Asseyez-vous, vous tous, et écoutez-moi ! »

"Eisteddwch i lawr, bawb, a gwrandewch arnaf!

« Je vais bientôt vous faire sécher à nouveau ! »

"Byddaf yn eich gwneud chi i gyd yn sych eto!"

Ils s'assirent tous en même temps, dans un grand cercle

Maent i gyd yn eistedd i lawr ar unwaith, mewn cylch mawr

et la petite souris s'assit au milieu

a'r llygoden fach yn eistedd yn y canol

« Hum ! » dit la souris d'un air important

'Ahem!' meddai'r llygoden gydag aer pwysig

« Êtes-vous tous prêts ? »

"Ydych chi i gyd yn barod?"

« C'est la chose la plus sèche que je connaisse »

"Dyma'r peth mwyaf sych dwi'n ei wybod"

« Silence tout autour, s'il vous plaît ! »

"Tawelwch o gwmpas, os gwelwch yn dda!"

« Guillaume le Conquérant était favorisé par le pape »

"William y Concwerwr yn cael ei ffafrio gan y pab"

« mais il fut bientôt soumis par les Anglais »

"ond yn fuan fe'i cyflwynwyd iddo gan y Saeson"

« Ils voulaient des leaders ces derniers temps »

"Roedden nhw eisiau arweinwyr hwyr"

« et ils avaient été habitués au pouvoir et à la conquête »

"Ac roedden nhw wedi arfer â grym a choncwest"

**« Edwin et Morcar, les comtes de Mercie et de
Northumbrie »**

"Edwin a Morcar, Ieirll Mercia a Northumbria"

« Pouah ! » dit l'oiseau lori, avec un frisson

"Ugh!" meddai aderyn y lori, gyda shiver

« et même Stigand, l'archevêque patriote de Cantorbéry »

"a hyd yn oed Stigand, archesgob gwladgarol Caergaint"

« Il l'a également trouvé opportun »

"Roedd hefyd yn cael ei argymell"

« Qu'a-t-il trouvé à propos ? » dit le canard

"Beth wnaeth e ddod o hyd i gyngor?" meddai'r Hwyaden
— Il l'a trouvé opportun, répondit la souris d'un ton un peu
contrarié
"Roedd yn ei chael yn argymell" atebodd y llygoden braidd yn
groeslon
Mais le canard n'était pas satisfait
Ond nid oedd yr hwyaden yn fodlon
« Bien sûr, vous savez ce que 'it' signifie »
"Wrth gwrs, rydych chi'n gwybod beth mae 'e' yn ei olygu"
« Je sais ce que c'est quand je trouve quelque chose », dit le
canard
"Dwi'n gwybod beth yw 'o' pan dwi'n ffeindio peth," meddai'r
hwyaden
« C'est généralement une grenouille ou un ver »
"Yn gyffredinol, mae'n lyfli neu'n llyngyr"
« La question est de savoir ce que l'archevêque a trouvé ? »
"Y cwestiwn yw, beth ddaeth yr archesgob?"
La souris n'a pas remarqué cette question
Ni sylwodd y llygoden ar y cwestiwn hwn
Au lieu de cela, la souris continua précipitamment son
discours
Yn lle hynny, aeth y llygoden ymlaen yn gyflym gyda'r araith
« il a jugé opportun d'aller avec Edgar Atheling »
"Roedd yn ddoeth mynd gydag Edgar Atheling"
« pour rencontrer Guillaume et lui offrir la couronne »
'Cyfarfod William a chynnig iddo y goron'
la souris continua, se tournant vers Alice pendant qu'elle
parlait
parhaodd y llygoden, gan droi at Alice wrth iddo siarad
« Comment allez-vous maintenant, ma chère ? »
"Sut wyt ti'n dod ymlaen nawr, fy mab?""
– Aussi mouillée que jamais, dit Alice d'un ton
mélancolique
"Mor wlyb ag erioed," meddai Alice mewn tôn melancholy
« Cette histoire n'a pas l'air de me tarir du tout »
"Nid yw'n ymddangos bod y stori hon yn fy syfrdanu o gwbl"
— Dans ce cas, dit solennellement le dodo en se levant

"Yn yr achos hwnnw," meddai'r dodo yn ddifrifol, gan godi
i'w draed
« Je vote pour l'ajournement de la séance »
"Rwy'n pleidleisio bod y cyfarfod yn cael ei ohirio"
**« et je propose l'adoption immédiate de remèdes plus
énergiques »**
"ac rwy'n cynnig mabwysiadu rhwymedïau mwy egnïol ar
unwaith"
« Dis des paroles vraies ! » dit l'aiglon
"Dywedwch eiriau go iawn!" meddai'r eryr
« Je ne connais pas le sens de la moitié de ces longs mots »
"Dwi ddim yn gwybod ystyr hanner y geiriau hir"
et, qui plus est, je ne crois pas que vous le sachiez non plus !
"Ac yn fwy na hynny, dwi ddim yn credu eich bod chi'n
gwybod chwaith!"
— Ce que j'allais dire, dit le dodo d'un ton offensé
"Yr hyn roeddwn i'n mynd i'w ddweud," meddai'r dodo
mewn tôn tramgwyddedig
**« La meilleure chose à faire pour nous sécher serait une
course au caucus »**
"Y peth gorau i'n cael ni'n sych fyddai ras-caucus"
« Qu'est-ce qu'une course de caucus ? » demanda Alice
'Beth yw ras cacws?' meddai Alice

« Eh bien, » dit le dodo, « la meilleure façon de l'expliquer, c'est de le faire »

"Wel," meddai'r dodo, "y ffordd orau i'w esbonio yw ei wneud"

« D'abord, le dodo a tracé un parcours »

"Yn gyntaf, nododd y dodo gwrs hil"

« La piste était dans une sorte de cercle »

"Roedd y trac mewn rhyw fath o gylch"

« Et puis tout le groupe a été placé le long du parcours »

"Ac yna cafodd yr holl blaid eu rhoi ar hyd y cwrs"

Il n'y avait pas de « Un, deux, trois et c'est parti ! »

Doedd dim un "un, dau, tri ac i ffwrdd!"

Mais ils ont commencé à courir quand ils voulaient

ond dechreuon nhw redeg pan oedden nhw'n hoffi

et ils finissaient aussi quand ils le voulaient

Ac fe orffennon nhw hefyd pan oedden nhw'n hoffi

Il n'était donc pas facile de savoir quand la course était terminée

felly doedd hi ddim yn hawdd gwybod pryd oedd y ras drosodd

Après environ une demi-heure de course, ils étaient tous assez secs

Ar ôl hanner awr neu ddwy o redeg roedden nhw i gyd yn eithaf sych

le dodo s'écria soudain : « La course est finie ! »

gwaeddodd y dodo yn sydyn, "Mae'r ras drosodd!"

Et ils se pressèrent tous autour du Dodo

ac roedden nhw i gyd yn orlawn o gwmpas y dodo

Tous les animaux haletaient et soufflaient

Roedd yr holl anifeiliaid yn pallu ac yn puffing

et tous voulaient savoir : « Mais qui a gagné ? »

Ac roedden nhw i gyd eisiau gwybod, "Ond pwy sydd wedi ennill?"

Le dodo ne pouvait pas répondre immédiatement à cette question

Y cwestiwn hwn na allai'r dodo ateb ar unwaith

D'abord, il a dû beaucoup réfléchir

Yn gyntaf, roedd yn rhaid gwneud llawer o feddwl
Après mûre réflexion, le dodo finit par parler
Ar ôl llawer o feddwl, siaradodd y Dodo o'r diwedd
« Tout le monde a gagné, et tous doivent avoir des prix »
"Mae pawb wedi ennill, ac mae'n rhaid i bawb gael gwobrau"
« Mais qui doit donner les prix ? » demanda un chœur de voix
"Ond pwy sydd i roi'r gwobrau?" gofynnodd corws o leisiau
— Eh bien, elle, bien sûr, dit le dodo
"Wel, wrth gwrs, mae hi," meddai'r dodo
et le dodo pointa d'un doigt vers Alice
a'r dodo yn pwyntio gydag un bys at Alice
et toute la troupe des animaux se pressait autour d'elle
a'r parti cyfan o anifeiliaid yn orlawn o'i chwmpas
ils ont crié, d'une manière confuse : « Des prix ! Des prix !
Roedden nhw'n gweiddi, mewn ffordd ddryslyd, "Gwobrau! Gwobrau!"
Alice n'avait aucune idée de ce qu'elle devait faire
Doedd gan Alice ddim syniad beth i'w wneud
Désespérée, elle mit la main dans sa poche
Mewn anobaith, rhoddodd ei llaw yn ei phoced
Et elle en sortit une boîte de bonbons
ac fe dynnodd hi allan flwch o losin
Heureusement, l'eau salée n'était pas entrée dans la boîte
Yn ffodus nid oedd y dŵr halen wedi mynd i mewn i'r blwch
et elle a distribué les bonbons comme prix
a hi a roddodd y losin o gwmpas fel gwobrau
Il y avait exactement une pièce pour tout le monde
Roedd un darn yn union i bawb
La prochaine chose qu'ils devaient faire était de manger les bonbons
Y peth nesaf y bu'n rhaid iddyn nhw ei wneud oedd bwyta'r losin
Cela a causé du bruit et de la confusion
Mae hyn yn achosi rhywfaint o sŵn a dryswch
Les grands oiseaux se plaignaient de ne pas pouvoir goûter leurs bonbons

cwynai'r adar mawr na allent flasu eu melysion
Les petits s'étouffaient et devaient être tapotés dans le dos
y rhai bach tagu a bu'n rhaid eu patio ar y cefn
Cependant, c'était enfin fini
Fodd bynnag, o'r diwedd daeth i ben
Et ils se rassirent en cercle
ac maent yn eistedd i lawr eto mewn cylch
et ils supplièrent la souris de leur dire quelque chose de plus
ac maent yn erfyn ar y llygoden i ddweud rhywbeth mwy wrthynt
— Vous m'avez promis de me raconter votre histoire, vous savez, dit Alice
"Fe wnaethoch chi addo dweud wrthyf eich hanes, wyddoch chi," meddai Alice
et elle fit une autre petite remarque sur les chats à voix basse
ac fe wnaeth sylw bach arall am gathod mewn sibrwd
Elle ne voulait pas offenser à nouveau la souris
Doedd hi ddim eisiau tramgwyddo'r llygoden eto
la petite souris se tourna vers Alice et soupira
trodd y llygoden fach at Alice ac ochneidio
« Ma conte est long et triste ! »
"Mae fy stori i yn un hir ac yn un trist!"
— C'est une longue queue, certainement, dit Alice
"Mae'n cynffon hir, yn sicr," meddai Alice
et elle baissa les yeux avec étonnement sur la queue de la souris
ac edrychodd i lawr gyda rhyfeddod ar gynffon y llygoden
« Mais pourquoi appelez-vous cela une queue triste ? »
"Ond pam wyt ti'n ei alw'n gynffon drist?"
Et elle n'arrêtait pas de s'interroger à ce sujet pendant que la souris parlait
Ac roedd hi'n cadw ar dyrnu amdano tra roedd y llygoden yn siarad
de sorte que son idée de l'histoire était quelque chose comme ceci
fel bod ei syniad o'r stori yn rhywbeth fel hyn

"Fury said to
a mouse, That
he met in the
house, 'Let
us both go
to law: I
will prosecute
you—
Come, I'll
take no denial:
We must have
the trial;
For really
this morning
I've
nothing
to do.'
Said the
mouse to
the cur,
'Such a
trial, dear
sir, With
no jury
or judge,
would
be wasting
our
breath.'
'I'll be
judge,
I'll be
jury,'
said
cunning
old
Fury;
'I'll
try
the
whole
cause,
and
condemn
you to
death.'"

Fury dit à une souris : Qu'il s'est rencontré dans la maison.

Dywedodd Fury wrth lygoden, Fod iddo gwrdd yn y tŷ. "

Allons tous les deux en justice, je vous poursuivrai

Gadewch i'r ddau ohonom fynd i'r gyfraith: Fe'ch erlyniaf

Allons, je n'accepterai aucun démenti : il faut que nous fassions l'épreuve

Dewch, ni fyddaf yn cymryd unrhyw wrthod: Rhaid i ni gael y treial

Car vraiment ce matin je n'ai rien à faire

Y bore yma does gen i ddim byd i'w wneud

Dit la souris au maudit ;

Dywedodd y llygoden wrth y cyrch;
Un tel procès, cher monsieur, sans jury ni juge, nous ferait perdre notre souffle
Byddai treial o'r fath, annwyl syr, heb reithgor na barnwr, yn gwastraffu ein hanadl
« Je serai juge, je serai jury », dit le vieux rusé Fury
"Byddaf yn barnu, byddaf yn rheithgor," meddai Cunning old Fury
Je vais juger toute la cause, et je vous condamnerai à mort
Byddaf yn rhoi cynnig ar yr holl achos, ac yn eich condemnio i farwolaeth.
la souris parla sévèrement à Alice
Siaradodd y llygoden yn ddifrifol ag Alice
« Tu ne fais pas attention ! »
'Dwyt ti ddim yn talu sylw!'
« À quoi pensez-vous ? »
"Am beth ydych chi'n meddwl?"
— Je vous demande pardon, dit Alice très humblement
"Mae'n ddrwg gen i'ch pardon," meddai Alice yn ostyngedig iawn
« Tu étais arrivé au cinquième virage, je crois ? »
"Rydych chi wedi cyrraedd y pumed tro, dwi'n meddwl?"
« Vous m'insultez en disant de telles bêtises ! »
"Rydych chi'n fy sarhau trwy siarad y fath nonsens!"
Et la souris se leva et s'éloigna
a chododd y llygoden a cherdded i ffwrdd
Alice appela la petite souris
Alice yn galw ar ôl y llygoden fach
« S'il vous plaît, revenez et terminez votre histoire ! »
Dewch yn ôl a gorffen eich stori!
Et les autres se joignirent tous en chœur
Ac ymunodd y lleill i gyd mewn corws
« Oui, s'il vous plaît, terminez votre histoire ! »
"Ie, gorffennwch eich stori os gwelwch yn dda!"
Mais la souris se contenta de secouer la tête avec impatience
Ond dim ond ysgwyd ei ben yn ddiamynedd wnaeth y llygoden

et la petite souris marchait un peu plus vite
a'r llygoden fach yn cerdded ychydig yn gyflymach
« Je voudrais bien avoir Dinah, notre chat, ici ! » dit Alice
"Hoffwn pe bai gen i Dina ein cath yma!" meddai Alice
Cela provoqua une sensation remarquable parmi le parti
Achosodd hyn deimlad rhyfeddol ymhlith y parti
Quelques-uns des oiseaux se hâtèrent de s'éloigner
Cerddodd rhai o'r adar ar unwaith
et un canari appela d'une voix tremblante ses enfants ;
a Dedwydd a alwyd allan mewn llais crynu, i'w phlant;
« Allez-vous-en, mes chères ! »
"Dewch i ffwrdd, fy mreichion!"
« Il est grand temps que vous soyez tous au lit ! »
"Mae'n hen bryd i chi i gyd fod yn y gwely!"
Avec diverses excuses, ils sont tous partis
gyda gwahanol esgusodion aethant i ffwrdd
et Alice se retrouva bientôt seule
a chyn hir cafodd Alice ei adael ar ei ben ei hun
« J'aurais aimé ne pas avoir mentionné Dinah ! »
"Hoffwn pe bawn i ddim wedi sôn am Dinbych!"
« Personne n'a l'air de l'aimer ici »
'Does neb yn ei hoffi hi yma'
« Mais je suis sûr que c'est la meilleure chatte du monde ! »
"Ond dwi'n siŵr mai hi yw'r gath orau yn y byd!"
La pauvre Alice se remit à pleurer
Alice druan yn dechrau crio eto
parce qu'elle se sentait très seule et déprimée
Oherwydd ei bod yn teimlo'n unig iawn ac yn isel ei ysbryd
**Au bout de peu de temps, cependant, elle entendit de
nouveau quelque chose**
Ond ymhen ychydig wedyn, clywodd hi rywbeth eto
un petit bruit de pas au loin
pattering bach o ôl troed yn y pellter
et elle leva les yeux avec impatience
ac edrychodd yn eiddgar

Le lapin envoie le petit M. Bill
Y gwningen yn anfon ychydig Mr Bill i mewn

C'était le lapin blanc, qui revenait lentement au trot
Yr oedd y gwningen wen, trotian yn araf yn ôl eto
Il regardait anxieusement autour de lui en chemin
Roedd yn edrych yn bryderus wrth iddo fynd
Il avait l'air d'avoir perdu quelque chose
Roedd yn edrych fel petai wedi colli rhywbeth
Alice l'entendit marmonner pour lui-même
Clywodd Alice e'n drywanu iddo'i hun
— La duchesse ! La Duchesse ! Oh, mes chères pattes !
Y Dduges! Y Dduges! Oh my annwyl paws!"
« Oh, ma fourrure et mes moustaches ! »
"Oh my fur and whiskers!"
« Elle va me faire exécuter, j'en suis sûr »
"Bydd hi'n fy ngwneud i'n euog, rwy'n siŵr o hynny"
« Aussi sûr que les furets sont des furets ! »
"Yr un mor sicr â ffuredau yn ffurets!"
« Où ai-je pu laisser tomber mes affaires, je me demande ? »
"Ble alla i fod wedi gollwng fy mhethau, tybed?"
Alice devina en un instant ce qu'il cherchait

Dyfalodd Alice mewn eiliad yr hyn yr oedd yn chwilio amdano

Il cherchait l'éventail de plumes

Roedd yn chwilio am y cefnogwr plu

et il cherchait la paire de gants blancs

ac roedd yn chwilio am y pâr o fenig gwyn

Elle se mit donc très gentiment à chercher les gants

Felly dechreuodd hi'n dda iawn ei natur chwilio am y menig

Et elle chercha aussi l'éventail de plumes

ac roedd hi'n chwilio am y cefnogwr plu hefyd

Mais les gants et l'éventail de plumes étaient introuvables

ond doedd y menig a'r ffan plu yn unman i'w weld

Tout semblait avoir changé depuis sa baignade dans la piscine

Roedd popeth fel petai wedi newid ers iddi nofio yn y pwll

Rien n'était pareil depuis qu'elle était dans la grande salle

Doedd dim byd yr un fath ers iddi fod yn y Neuadd Fawr

et la table de verre avait disparu

ac roedd y bwrdd gwydr wedi diflannu

Et la petite porte n'était pas là non plus

Doedd y drws bach ddim yno chwaith

Très vite, le lapin remarqua Alice

Yn fuan iawn sylwodd y gwningen Alice

Il l'appela d'un ton furieux

galwodd ati mewn tôn blin

« Mary Ann, que fais-tu ici ? »

"Beth wyt ti'n ei wneud yma?"

« Rentre chez toi à l'instant même »

'Cerdded adref ar hyn o bryd'

« Et apporte-moi une paire de gants et un éventail de plumes ! »

"A nôl pâr o fenig a ffan plu i fi!"

« Et faites vite ! »

"Byddwch yn gyflym am y peth!"

Alice se parlait à elle-même en s'enfuyant

Siaradodd Alice â'i hun wrth iddi redeg i ffwrdd

— Il a dû me prendre pour sa femme de chambre !

"Mae'n rhaid ei fod wedi fy nghamgymryd i am ei forwyn tŷ!"
« Comme il sera surpris quand il découvrira qui je suis ! »
"Pa mor synnu fydd e pan fydd e'n darganfod pwy ydw i!"
En disant cela, elle tomba sur une petite maison soignée
Wrth iddi ddweud hyn, daeth ar dŷ bach taclus
Sur la porte de la maison se trouvait une plaque de laiton brillant
Ar ddrws y tŷ roedd plât pres llachar
« W. LAPIN »
"W. RABBIT"
Elle entra sans frapper à la porte
Aeth i mewn heb guro ar y drws
et elle se hâta de monter l'escalier
a brysiodd yn syth i fyny'r grisiau
elle craignait de rencontrer la vraie Mary Ann
roedd hi'n poeni y gallai gwrdd â'r Mary Ann go iawn
parce qu'alors elle serait chassée de la maison
oherwydd yna byddai'n cael ei droi allan o'r tŷ
et elle ne pourrait pas trouver l'éventail de plumes et les gants
ac ni fyddai hi'n gallu dod o hyd i'r ffan plu a'r menig
Alice s'était frayé un chemin dans une petite pièce bien rangée
Alice wedi dod o hyd ei ffordd i mewn i ystafell fach daclus
Dans la pièce, il y avait une table près de la fenêtre
Yn yr ystafell roedd bwrdd wrth y ffenestr
et sur la table, il y avait un éventail de plumes
ac ar y bwrdd roedd ffan plu
et il y avait deux ou trois paires de petits gants blancs
Ac roedd dau neu dri phâr o fenig gwyn bach
Elle ramassa l'éventail en plumes et une paire de gants
Cododd y ffan plu a phâr o'r menig
et elle allait quitter la pièce
Roedd hi ar fin gadael yr ystafell
mais alors ses yeux tombèrent sur une petite bouteille
ond yna syrthiodd ei llygaid ar botel fach
Elle déboucha la bouteille et la porta à ses lèvres

Gollyngodd y botel a'i rhoi ar ei gwefusau
« J'espère que cela me fera redevenir grand »
"Rwy'n gobeithio y bydd yn gwneud i mi dyfu i fyny eto"
« J'en ai marre d'être une toute petite chose ! »
"Rydw i wedi blino bod yn rhywbeth mor fach!"
Alice avait à peine bu la moitié de la bouteille
Prin fod Alice wedi yfed hanner y botel
Sa tête était déjà appuyée contre le plafond
Roedd ei phen eisoes yn pwyso yn erbyn y nenfwd
et elle dut se baisser
A bu'n rhaid iddi ymostwng
pour sauver son cou d'être brisé
i achub ei gwddf rhag cael ei dorri
Elle posa précipitamment la bouteille
Mae hi'n rhoi'r botel i lawr ar frys
« C'est bien assez »
'Mae hynny'n ddigon'
« J'espère que je ne grandirai plus »
"Dw i'n gobeithio nad ydw i'n tyfu bellach"
Hélas! Il était trop tard pour souhaiter cela !
Alas! Roedd hi'n rhy hwyr i ddymuno hynny!
Elle n'a cessé de grandir
Aeth ymlaen i dyfu a thyfu
et très vite elle dut s'agenouiller sur le sol
ac yn fuan iawn bu'n rhaid iddi benlinio i lawr ar y llawr
Et même alors, elle a continué à grandir
A hyd yn oed wedyn aeth hi ymlaen i dyfu
Comme dernière ressource, elle passa un bras par la fenêtre
fel adnodd olaf rhoddodd un fraich allan o'r ffenestr
et elle mit un pied dans la cheminée
a rhoddodd un droed i fyny'r simnai
« Maintenant, je ne peux plus faire, quoi qu'il arrive »
"Alla i ddim gwneud dim mwy, beth bynnag sy'n digwydd."
« Que vais-je devenir ? »
"Beth fydd yn digwydd i mi?"

Alice a eu un peu de chance
Alice yn cael lwc
La petite bouteille magique avait fait son plein effet
Roedd y botel fach hud wedi cael ei effaith lawn
et Alice ne grandit pas plus qu'elle n'était
ac ni thyfodd Alice fwy nag yr oedd hi
Au bout de quelques minutes, elle entendit une voix à l'extérieur
Ar ôl ychydig funudau clywodd lais y tu allan
et elle s'arrêta pour écouter la voix
Stopiodd i wrando ar y llais
« Mary Ann ! Mary Ann ! dit la voix
Mary Ann! Mary Ann " meddai'r llais
« Apporte-moi mes gants tout de suite ! »
"Nôl fy menig i mi y funud yma!"
Puis vint un petit claquement de pieds dans l'escalier
Yna daeth pattering bach o draed ar y grisiau
Alice savait que c'était le lapin qui venait la chercher
Roedd Alice yn gwybod mai'r gwningen oedd yn dod i chwilio amdani
et elle trembla jusqu'à faire trembler la maison
Ac roedd hi'n crynu nes iddi ysgwyd y tŷ
elle oublia tout à fait quelles étaient ses proportions
anghofiodd yn llwyr beth oedd ei chyfranau

Elle était mille fois plus grosse que le lapin
roedd hi fil o weithiau mor fawr â'r gwningen
et elle n'avait aucune raison d'avoir peur d'un lapin
ac nid oedd ganddi reswm i fod yn ofni cwningen
Bientôt le lapin s'approcha de la porte
Ar hyn o bryd daeth y gwningen i fyny at y drws
et le petit lapin essaya d'ouvrir la porte
a cheisiodd y gwningen fach agor y drws
La porte a commencé à s'ouvrir vers l'intérieur
Y drws yn dechrau agor i mewn
mais le coude d'Alice était fortement appuyé contre la porte
ond pwyswyd penelin Alice yn galed yn erbyn y drws
Cette tentative s'est avérée un échec
Profodd yr ymgais honno yn fethiant
Alice entendit le lapin se parler à lui-même
Clywodd Alice y gwningen yn siarad â'i hun
« Ensuite, je vais faire le tour et entrer par la fenêtre »
"Yna byddaf yn mynd o gwmpas ac yn mynd i mewn trwy'r
ffenestr"
« Que tu ne le feras pas ! » pensa Alice
'Na wnei di ddim!' meddyliodd Alice
Et elle attendit encore un peu
Ac roedd hi'n aros ychydig eto
Bientôt, elle entendit le lapin juste sous la fenêtre
Yn fuan clywodd y gwningen ychydig o dan y ffenestr
Elle étendit soudain la main
Estynnodd ei llaw yn sydyn
et elle fit une prise en l'air
ac fe wnaeth hi fagl yn yr awyr
Elle n'a rien attrapé
Doedd hi ddim yn cael gafael ar unrhyw beth
mais elle entendit un petit cri et une chute
Ond clywodd ychydig o shriek a chwymp
et elle entendit un fracas de verre brisé
a chlywodd hi ddamwain o wydr wedi torri
Peut-être le lapin était-il tombé
Efallai bod y gwningen wedi disgyn

Peut-être était-il dans une serre
Efallai ei fod wedi bod mewn tŷ gwydr
Puis vint une voix en colère ; La voix du lapin
Nesaf daeth llais dig; llais y gwningen
« Pat, où es-tu ? »
"Lle wyt ti?"
Et puis vint une voix qu'elle n'avait jamais entendue
auparavant
Ac yna daeth llais nad oedd hi erioed wedi'i glywed o'r blaen
« Votre honneur, je suis là ! »
"Eich anrhydedd, rydw i yma!"
« Je creuse pour trouver des pommes »
"Rwy'n cloddio am afalau"
« Ici ! Venez m'aider à m'en sortir !
Yma! Dewch i helpu fi allan o hyn!"
« Maintenant, dis-moi, Pat, qu'est-ce qu'il y a dans la fenêtre
? »
"Dywedwch wrthyf nawr, Pat, beth sydd yn y ffenestr?"
« Bien sûr, Votre Honneur, je vais vous le dire »
"Cadarn, eich anrhydedd, byddaf yn dweud wrthych"
« C'est un bras qui est dans la fenêtre ! »
"Mae'n fraich sydd yn y ffenestr!"
« Eh bien, un bras n'a rien à faire là-bas »
"Wel, does gan fraich ddim busnes yno"
« Va et enlève le bras ! »
"Dos a chymryd y fraich i ffwrdd!"
Il y eut un long silence après cela
Cafwyd tawelwch hir ar ôl hyn
et Alice n'entendait que des chuchotements de temps en
temps
a doedd Alice ond yn gallu clywed sibrwd nawr ac wedyn
et enfin elle étendit de nouveau la main
Ac o'r diwedd lledodd ei llaw eto
et elle fit une autre arrachée dans les airs
a gwnaeth gip arall yn yr awyr
Cette fois, il y eut deux petits cris
Y tro hwn roedd dau gacen fach

et il y avait d'autres bruits de verre brisé
ac roedd mwy o synau gwydr wedi torri
« Je me demande ce qu'ils vont faire ensuite ! » pensa Alice
"Tybed beth fyddan nhw'n ei wneud nesaf!" meddai Alice
« J'aimerais qu'ils me tirent par la fenêtre »
"Rwy'n dymuno y byddan nhw'n fy ngwthio allan o'r ffenest"
Elle attendit un certain temps
Roedd hi'n aros am beth amser
Mais pendant un moment, elle n'entendit plus rien
Ond ni chlywodd hi ddim mwy am ychydig
Enfin, il y eut un grondement de petites roues
O'r diwedd daeth sibrwd o olwynion bach
et il y eut le son d'un bon nombre de voix
a daeth sŵn llawer o leisiau da
Toutes les voix parlaient ensemble
Roedd yr holl lleisiau'n siarad gyda'i gilydd
Elle pouvait distinguer certaines des paroles
Gallai wneud rhai o'r geiriau
« Où est l'autre échelle ? »
"Ble mae'r ysgol arall?"
« Bill a l'autre échelle »
'Bil yn cael yr ysgol arall'
« Bill, viens ici ! »
"Dewch, dewch yma!"
« Le toit va-t-il supporter le fardeau ? »
"A fydd y toes yn dwyn y llwyth?"
« Qui veut descendre par la cheminée ? »
"Pwy sydd eisiau mynd i lawr y simnai?"
— Non, je ne le ferai pas ! Vous le faites !
"Na, wna i ddim! Rydych chi'n ei wneud! "
« Tiens, Bill ! »
'Wel, Bill!'
« Le maître dit qu'il faut descendre par la cheminée ! »
"Mae'r meistr yn dweud bod yn rhaid i chi fynd lawr y simnai!"
Alice descendit son pied aussi loin qu'elle le put dans la cheminée

Tynnodd Alice ei throed mor bell i lawr y simnai ag y gallai

Et puis elle attendit de voir ce qui allait arriver

Ac yna arhosodd i weld beth oedd yn dod

Elle entendit un petit animal gratter et se débattre

Clywodd ychydig o sgramblo a chrafu anifeiliaid

Le petit animal doit être dans la cheminée

Rhaid i'r anifail bach fod yn y simnai

Puis elle donna un coup de pied sec

yna rhoddodd un gic miniog

et elle attendit de voir ce qui allait se passer ensuite

Roedd hi'n aros i weld beth fyddai'n digwydd nesaf

Elle entendit un chœur général de voix

Clywodd gorws cyffredinol o leisiau

« Voilà Bill ! » dirent-ils tous

'Mae Billy yn mynd!' medden nhw i gyd

Puis elle entendit la voix du lapin seule

Yna clywodd lais y gwningen ar ei phen ei hun

« Toi par la haie, attrape-le ! »

"Ti wrth y gwrych, dala fe!"

Il y eut un autre moment de silence

Cafwyd munud arall o dawelwch

Et puis il y eut une autre confusion de voix

ac yna cafwyd dryswch arall o leisiau

« Lève la tête, Brandy »

"Daliwch eich pen, Brandy"

« Attention à ne pas l'étouffer »

"Byddwch yn ofalus i beidio â'i dwyllo"

« Qu'est-ce qui t'est arrivé ? »

"Beth ddigwyddodd i ti?"

Enfin, une petite voix faible et grinçante est apparue

Last came a little wanble, squeaking voice

« Eh bien, je n'en sais presque pas plus »

"Dydw i ddim yn gwybod mwy"

« merci à tous, je vais mieux maintenant »

"Diolch i chi i gyd, rwy'n well nawr"

« il y a une chose dont je peux me souvenir »

'Un peth y gallaf gofio'

« Quelque chose vient à moi comme un train dans un tunnel »

"Mae rhywbeth yn dod arna i fel trên mewn twnnel"

« Et je vole comme une fusée ! »

"Ac i fyny dwi'n hedfan fel roced awyr!"

Il y eut une minute ou deux de silence

Cafwyd munud neu ddau o dawelwch

puis ils ont recommencé à se déplacer

Yna dechreuon nhw symud o gwmpas eto

et Alice entendit de nouveau le Lapin parler

a chlywodd Alice y Gwningen yn siarad eto

« Une brouette fera l'affaire, pour commencer »

"Bydd gwrach yn ei wneud, i ddechrau"

« Une brouette pleine de quoi ? » pensa Alice

"Pwy?" meddyliodd Alice

Mais elle ne fut pas tenue en suspens longtemps

Ond chafodd hi ddim ei chadw mewn grym am amser hir

Une pluie de petits cailloux est passée par la fenêtre

Daeth cawod o gerrig mân drwy'r ffenestr

et quelques petits cailloux l'ont frappée au visage

a rhai o'r peblau bach yn ei tharo yn ei hwyneb

Alice fut surprise par les petits cailloux

Roedd Alice yn synnu am y cerrig bach

Tous les petits cailloux se transformaient en gâteaux

Roedd yr holl gerrig mân yn troi'n gacennau

et une idée lumineuse lui vint à l'esprit

a daeth syniad disglair i mewn i'w phen

« Je devrais manger un de ces gâteaux »

"Rhaid i mi fwyta un o'r cacennau hyn"

« Le gâteau ne manquera pas de faire changer ma taille »

"Mae cacen yn sicr o wneud rhywfaint o newid yn fy maint i"

Alors elle a avalé l'un des gâteaux

Felly llyncu un o'r cacennau

et elle fut ravie de constater qu'elle commençait à rétrécir

ac roedd hi'n falch iawn o ddarganfod ei bod wedi dechrau crebachu

Bientôt, elle fut assez petite pour franchir la porte

Cyn bo hir roedd hi'n ddigon bach i fynd drwy'r drws

Elle s'est enfuie de la maison

Rhedodd hi allan o'r tŷ

Une foule de petits animaux et d'oiseaux attendaient dehors

Roedd torf o anifeiliaid bach ac adar yn aros y tu allan

tous les petits oiseaux et les petits animaux se précipitèrent sur Alice

Rhuthrodd yr holl adar ac anifeiliaid bach yn Alice

Mais elle s'enfuit aussi vite qu'elle le put

Ond rhedodd hi i ffwrdd cyn gynted ag y gallai

et bientôt elle se trouva en sécurité dans un bois épais

ac yn fuan cafodd ei hun yn ddiogel mewn pren trwchus

Alice errait dans les bois

Alice yn crwydro yn y coed

Et elle pensa en elle-même :

Roedd hi'n meddwl amdani hi ei hun:

« Je sais ce que je dois faire en premier »

"Rwy'n gwybod beth sydd angen i mi ei wneud yn gyntaf"

« Je dois d'abord grandir à ma bonne taille »

"Yn gyntaf, mae'n rhaid i mi dyfu i'm maint cywir eto"

« et puis je dois trouver mon chemin dans ce joli jardin »

"Ac yna mae'n rhaid i mi ddod o hyd i'm ffordd i mewn i'r ardd hyfryd honno"

« Je suppose que je devrais manger ou boire quelque chose ou autre »

"Mae'n rhaid i mi fwyta neu yfed rhywbeth neu'i gilydd"

« Mais la question est de savoir ce que je dois manger ou boire ? »

"Ond y cwestiwn yw, beth ddylwn i ei fwyta neu yfed?"

Alice regarda tout autour d'elle les fleurs

Edrychodd Alice o'i chwmpas hi wrth y blodau

et elle regarda à travers les brins d'herbe

a hi a edrychodd trwy lafnau glaswellt

mais elle ne voyait rien à manger ni à boire

Ond doedd hi ddim yn gallu gweld dim byd i'w fwyta na'i yfed

Rien ne semblait être la bonne chose à manger ou à boire

Nid oedd unrhyw beth yn edrych fel y peth iawn i fwyta neu yfed

Il y avait un gros champignon qui poussait près d'elle

Roedd madarch fawr yn tyfu yn agos ati hi

le champignon était à peu près de la même taille qu'Alice

roedd y madarch tua'r un uchder ag Alice

Elle s'étira sur la pointe des pieds

Estynnodd ei hun ar tiptos

Et elle jeta un coup d'œil par-dessus le bord du champignon

a hi yn peeped dros ymyl y madarch

Ses yeux rencontrèrent immédiatement les yeux d'une grande chenille bleue

Cyfarfu ei llygaid yn syth â llygaid lindysyn glas mawr

La chenille était assise sur le sommet du champignon

Roedd y lindys yn eistedd ar ben y fadarch

et la chenille avait croisé tous ses bras

A'r lindys oedd wedi croesi ei holl freichiau

et il fumait tranquillement un long narguilé

ac roedd yn smygu bachyn hir yn dawel

et il ne faisait pas la moindre attention à rien

ac ni chymerodd y lleiaf o sylw o ddim

et il n'a certainement pas fait attention à Alice

ac yn sicr nid oedd yn talu sylw i Alice

Finalement, la chenille a retiré le narguilé de sa bouche
O'r diwedd cymerodd y lindysyn y bachyn allan o'i geg
et il s'adressa à Alice d'une voix languissante et endormie
ac fe anerchodd Alice mewn llais di-liw, gysglyd
« Qui es-tu ? » demanda la chenille
"Pwy wyt ti?" meddai'r lindysyn

Alice a répondu, plutôt timidement : « Je sais à peine, monsieur. »
Atebodd Alice, braidd yn swil, "prin y gwn i, syr."
« Juste pour le moment, c'est un peu... »
"Ar hyn o bryd mae'r cyfan ychydig..."
« Je sais qui j'étais quand je me suis levé ce matin" »
"Rwy'n gwybod pwy oeddwn i pan godais y bore 'ma."
« mais je pense que j'ai dû changer plusieurs fois depuis »
"Rwy'n credu fy mod wedi newid sawl gwaith ers hynny"
« Qu'est-ce que tu veux dire par là ? » dit la chenille
"Beth ydych chi'n ei olygu wrth hynny?" meddai'r lindysyn
sévèrement, la chenille lui demanda de s'expliquer

Yn ddi-chwaeth gofynnodd y lindysyn iddi egluro ei hun
— Je ne peux pas m'expliquer, j'en ai peur, monsieur, dit
Alice
"Alla i ddim egluro fy hun, mae gen i ofn, syr," meddai Alice
« parce que je ne suis pas moi-même »
'Ddim yn fi fy hun'
« Vous voyez, être de tant de tailles différentes en une
journée, c'est très déroutant »
"Rydych chi'n gweld, mae bod cymaint o wahanol feintiau
mewn diwrnod yn ddryslyd iawn"
Elle se redressa et dit très gravement :
Tynnodd ei hun i fyny a dweud yn ddifrifol iawn:
« Je pense que tu devrais me dire qui tu es, en premier »
'Rwy'n credu y dylech chi ddweud wrthyf pwy ydych chi yn
gyntaf.'
« Pourquoi ? » demanda la chenille
"Pam?" meddai'r lindysyn
Alice ne voyait aucune bonne raison
Ni allai Alice feddwl am unrhyw reswm da
et la chenille semblait être dans un état d'esprit très
désagréable
ac ymddengys fod y lindysyn mewn cyflwr meddwl
annymunol iawn
alors elle s'en retourna
felly mae hi'n troi i ffwrdd
« Reviens ! » la chenille l'appela
"Tyrd yn ôl!" gwaeddodd y lindysyn ar ei hôl hi
« J'ai quelque chose d'important à dire ! »
"Mae gen i rywbeth pwysig i'w ddweud!"
Alice se retourna et revint
Trodd Alice a dod yn ôl eto
« Garde ton sang-froid », dit la chenille
"Cadwch eich tymer," meddai'r lindysyn
— C'est tout ? dit Alice
"Ai dyna'r cyfan?" meddai Alice
Et elle ravala sa colère de son mieux
a llyncu ei dicter yn ogystal ag y gallai

« Non, » dit la chenille

'Na,' meddai'r lindysyn

La chenille déplia ses bras

y lindysyn yn ysgwyd ei breichiau

Et il retira le narguilé de sa bouche

Ac efe a gymerth y bacha allan o'i enau ef drachefn.

et il a dit : « Vous pensez donc que vous avez changé, n'est-ce pas ? »

Ac meddai, "Felly rydych chi'n meddwl eich bod chi wedi newid, ydych chi?"

— J'ai peur, je suis changée, monsieur, dit Alice

"Mae gen i ofn, dw i wedi newid, syr," meddai Alice

« Je ne me souviens plus des choses comme je m'en souvenais »

"Alla i ddim cofio pethau fel roeddwn i'n eu cofio nhw"

« et je ne reste pas plus de dix minutes de la même taille ! »

"Dydw i ddim yn aros yr un maint am fwy na deng munud!"

« Quelle taille veux-tu faire ? » demanda la chenille

"Pa faint wyt ti eisiau bod?" gofynnodd y lindysyn

— Oh, ma taille ne me dérange pas particulièrement, répondit vivement Alice

"O, does dim ots gen i pa faint ydw i," atebodd Alice ar frys.

« Je n'aime pas changer de taille si souvent, vous savez »

"Dwi ddim yn hoffi newid maint mor aml, wyddoch chi"

« J'aimerais être un peu plus grand, monsieur »

"Hoffwn i fod ychydig yn fwy, syr"

— Si cela ne vous dérange pas, ajouta Alice

'Os nad oes ots gennych,' ychwanegodd Alice

« Dix centimètres, c'est une taille si misérable »

"Mae deg centimetr yn uchder mor druenus i fod"

« C'est une très bonne hauteur en effet ! » dit la chenille avec colère

"Mae'n uchder da iawn yn wir!" meddai'r lindysyn yn drist

et il se redressa tout en parlant

ac efe a fagodd ei hun yn unionsyth wrth iddo siarad

Il mesurait exactement dix centimètres de haut

Yr oedd yn ddeg centimetr o uchder

Au bout d'une minute ou deux, la chenille s'est détachée du champignon

Mewn munud neu ddwy, disgynnodd y lindys oddi ar y fadarchen

et il s'enfonça en rampant dans l'herbe

ac efe a ymlusgodd i mewn i'r glaswellt

En s'éloignant, il fit quelques petites remarques

Wrth iddo fynd ymaith, gwnaeth rai sylwadau bach

« Un côté vous fera grandir »

"Bydd un ochr yn gwneud i chi dyfu'n dalach"

« Et l'autre côté te fera rapetisser »

"A bydd yr ochr arall yn gwneud i chi dyfu'n fyrrach"

« Un côté de quoi ? » pensa Alice en elle-même

"Un ochr i beth?" meddyliodd Alice wrtho'i hun

« L'autre côté de quoi ? »

"Yr ochr arall i beth?"

« Le côté du champignon », dit la chenille

"Ochr y fadarch," meddai'r lindysyn

C'était comme si elle avait posé sa question à haute voix

Roedd hi fel petai hi wedi gofyn ei chwestiwn yn uchel

et un instant plus tard, il fut hors de vue

Ac mewn eiliad arall, roedd allan o'r golwg

Alice resta pensivement à regarder le champignon

Roedd Alice yn dal i edrych yn ofalus ar y madarch

Elle essayait de distinguer quels étaient les deux côtés du champignon

Roedd hi'n ceisio gwneud allan pa un oedd dwy ochr y madarch

Enfin, elle étendit ses bras autour du champignon

O'r diwedd estynnodd ei breichiau o amgylch y fadarchen

Et elle cassa un peu les bords

a hi a dorrodd ychydig o'r ymylon

« Et maintenant, de quel côté est-ce ? » se dit-elle

"Ac yn awr, pa ochr yw pwy?" meddai wrthi'i hun

et elle grignota un peu du mors de la main droite

ac fe wnaeth hi gnoi cil ychydig o'r llaw dde

L'instant d'après, elle sentit un violent coup sous son

menton
Yr eiliad nesaf roedd hi'n teimlo ergyd dreisgar o dan ei llên
Son menton avait heurté son pied !
Roedd ei ên wedi taro ei droed!
Elle fut bien effrayée par ce changement très soudain
Roedd hi'n dipyn o ofn ar y newid sydyn iawn hwn.
Elle rétrécissait très rapidement
Roedd hi'n crebachu'n gyflym iawn
Alors elle a rapidement mangé un peu de l'autre morceau de champignon
Felly bwytaodd yn gyflym rai o'r ychydig arall o fadarch
Son menton était très serré contre son pied
Pwyswyd ei gên yn agos iawn yn erbyn ei throed
Il y avait à peine de la place pour ouvrir la bouche
Prin fod lle i agor ei geg
mais elle parvint enfin à ouvrir la bouche
Ond o'r diwedd llwyddodd i agor ei cheg
et elle avala un morceau du mors de la main gauche
a hi llyncu morsel o'r fraich chwith
« Ma tête a enfin été libérée ! » dit Alice
"Mae fy mhen wedi cael ei ryddhau o'r diwedd!" meddai Alice
Elle baissa les yeux sur elle-même
Edrychodd i lawr ar ei hun
mais tout ce qu'elle pouvait voir, c'était une immense longueur de cou
Ond y cyfan y gallai ei weld oedd hyd enfawr o wddf
Son cou semblait se dresser comme une tige
Roedd ei gwddf yn ymddangos fel coesyn
et elle baissa les yeux sur une mer de feuilles vertes
ac edrychodd i lawr dros fôr o ddail gwyrdd
« Où sont passées mes épaules ? »
"Ble mae fy ysgwyddau wedi cyrraedd?"
« Et oh, mes pauvres mains, comment se fait-il que je ne puisse pas vous voir ? »
"Ac o, fy nwylo tlawd, sut na allaf eich gweld chi?"
Mais son cou avait un avantage
ond roedd gan ei gwddf un budd

Elle pouvait bouger la tête dans n'importe quelle direction
Gallai symud ei phen i unrhyw gyfeiriad
En fait, elle était comme un serpent
Yn wir, roedd hi'n union fel neidr
Elle zigzague gracieusement, la tête baissée
Roedd hi'n grasgl yn siglo ei phen i lawr
et elle remua la tête à travers les arbres
a symudodd ei phen drwy'r coed
Mais elle entendit alors un sifflement aigu
ond yna clywodd hi'n sgrechian miniog
Et elle tira rapidement la tête en arrière
ac fe dynnodd ei phen yn ôl yn gyflym
Un gros pigeon lui avait volé au visage
Roedd colomen fawr wedi llifo i mewn i'w hwyneb
et le pigeon était violemment avec ses ailes
a'r colomennod yn dreisgar gyda'i adenydd

« Serpent ! » cria le pigeon
"Neidr!" gwaeddodd y colomennod
« Je ne suis pas un serpent ! » dit Alice avec indignation
"Dydw i ddim yn sarff!" meddai Alice yn ddig
« Laisse-moi tranquille ! »
"Gadewch lonydd i mi!"
« J'ai essayé les racines des arbres »
"Rwyf wedi rhoi cynnig ar wreiddiau coed"
— Et j'ai essayé des haies, continua le pigeon
"ac rydw i wedi rhoi cynnig ar wrychoedd," aeth y colomen
ymlaen
« Mais ces serpents ! Il n'y a pas moyen de leur plaire !
"Ond y saethau hynny! Does dim modd eu plesio!"
Alice était de plus en plus perplexe
Roedd Alice yn fwy a mwy dryslyd
**« Comme si ce n'était pas assez compliqué de faire éclore les
œufs », a déclaré le pigeon**
"Fel pe na bai'n ddigon trwbl deor yr wyau," meddai'r
colomennod
« Nuit et jour, je dois aussi faire attention aux serpents ! »
"Gyda'r nos a'r dydd, rhaid i mi edrych allan am seirff hefyd!"
« Je venais de trouver l'arbre le plus haut de la forêt »
"Roeddwn i newydd ddod o hyd i'r goeden uchaf yn y
goedwig"
« Je serais sûrement libre des serpents ici ? »
"A fyddwn i'n rhydd o seirff yma?"
« Et un serpent sort du ciel ! »
Ac allan mae neidr o'r nefoedd!
« Mais je ne suis pas un serpent, je vous le dis ! » dit Alice
"Ond dydw i ddim yn sarff, rwy'n dweud wrthych chi!"
meddai Alice
**"Je suis un... Je suis un... Je suis une petite fille, ajouta-t-elle
d'un air un peu dubitatif**
"Rwy'n a... Rwy'n ... "Rwy'n ferch fach," ychwanegodd braidd
yn amheus
Après tout, elle avait traversé beaucoup de changements
Wedi'r cyfan, roedd hi'n mynd trwy lawer o newidiadau

« Tu cherches des œufs », dit le pigeon
"Rydych chi'n chwilio am wyau," meddai'r colomennod
« Je le sais pertinemment »
'Dwi'n gwbod hynny am ffaith'
**« Et qu'importe que vous soyez une petite fille ou un serpent
? »**
"A beth sy'n bwysig os ydych chi'n ferch neu'n sarff?"
— Cela m'importe beaucoup, dit Alice à la hâte
"Mae'n bwysig iawn i mi," meddai Alice ar frys.
« mais je ne cherche pas d'œufs, en l'occurrence »
"Ond dydw i ddim yn chwilio am wyau, fel mae'n digwydd"
« et je ne voudrais pas de tes œufs de toute façon »
"Fyddwn i ddim eisiau eich wyau beth bynnag"
« Je n'aime pas mes œufs crus »
"Dydw i ddim yn hoffi fy wyau yn amrwd"
« Eh bien, allez-vous-en ! » dit le pigeon d'un ton boudeur
"Wel, ewch i ffwrdd wedyn!" meddai'r colomen mewn tôn
sylffog
et le pigeon se posa de nouveau dans son nid
ac ymsefydlodd y colomennod eto i'w nyth
Alice s'accroupit parmi les arbres du mieux qu'elle put
Alice crouched i lawr ymhlith y coed yn ogystal ag y gallai
Son cou ne cessait de s'emmêler parmi les branches
Roedd ei gwddf yn dal i gael ei hudo ymhlith y canghennau
De temps en temps, elle devait s'arrêter et se tordre le cou
bob hyn a hyn roedd yn rhaid iddi stopio a dad-droi ei gwddf
Au bout d'un moment, elle se souvint du champignon
Ar ôl ychydig, cofiodd y fadarchen
**Elle tenait toujours les morceaux de champignon dans ses
mains**
Roedd hi'n dal i ddal y darnau o fadarch yn ei dwylo
et elle se mit à l'œuvre avec beaucoup de soin
A hi a aeth ati i weithio'n ofalus
D'abord, elle a grignoté un morceau
Yn gyntaf roedd hi'n gwenu mewn un darn
puis elle grignota l'autre morceau
ac yna roedd hi'n gwingo ar y darn arall

Parfois, elle grandissait
Weithiau mae hi'n mynd yn uwch
et parfois elle devenait plus petite
Weithiau mae hi'n tyfu'n fyrrach
Mais finalement, elle a atteint sa taille habituelle
ond yn olaf cyflawnodd ei thaldra arferol
Elle n'avait pas été de sa taille depuis un certain temps
Doedd hi ddim wedi bod yn ei thaldra ei hun ers peth amser
Tout m'a semblé étrange pendant un moment
Felly roedd popeth yn teimlo'n rhyfedd am gyfnod
« La prochaine chose à faire est d'entrer dans ce beau jardin »
"Y peth nesaf i'w wneud yw mynd i mewn i'r ardd hardd honno"
« Comment cela se fera-t-il, je me demande ? »
"Sut mae hynny'n mynd i gael ei wneud, tybed?"
En disant cela, elle tomba sur un endroit ouvert
Wrth iddi ddweud hyn, daeth i le agored
Il y avait une petite maison, un peu plus haute qu'un mètre
roedd yna dŷ bach, ychydig yn uwch na metr
« Je me demande qui habite cette petite maison »
"Tybed pwy sy'n byw yn y tŷ bach yma"
« Je ne peux certainement pas y aller aussi grand que je le suis »
"Alla i ddim mynd mor fawr ag ydw i"
« Je les effrayerais terriblement ! »
"Mi fyddwn i'n eu dychryn yn ofnadwy!"
alors elle grignota à nouveau le petit champignon
felly roedd hi'n gwingo yn y madarch fach eto
et bientôt elle s'abaissa de trente centimètres
Ac yn fuan fe ddaeth hi i lawr deg ar hugain o fetrau

Pendant une minute ou deux, elle resta à regarder la maison

Am funud neu ddwy safodd yn edrych ar y tŷ

Soudain, un valet de pied sortit en courant des bois

Yn sydyn daeth troedmon yn rhedeg allan o'r coed

Il portait un uniforme de livrée spécial

Roedd yn gwisgo gwisg lifrai arbennig

à en juger par son seul visage, elle l'aurait traité de poisson

A barnu wrth ei wyneb yn unig, byddai hi wedi galw ef yn bysgodyn.

et il frappa bruyamment à la porte avec ses jointures

a threisio yn uchel wrth y drws gyda'i geuglau

La porte fut ouverte par un autre valet de pied

agorwyd y drws gan droedwr arall

Ce valet de pied portait également une livrée spéciale

Roedd y troedmon hwn hefyd yn gwisgo lifrai arbennig

Ce valet de pied avait un visage rond et de grands yeux comme une grenouille

Roedd gan y troedmon hwn wyneb crwn a llygaid mawr fel broga

**C'est le valet de pied qui ressemblait à un poisson qui a
initié la cérémonie**
Dechreuodd y troedmon a oedd yn edrych fel pysgodyn y
seremoni
Il sortit quelque chose de sous son bras
tynnodd allan rywbeth o dan ei fraich
et il tira de dessous son bras une enveloppe
ac fe dynnodd allan o dan ei fraich amlen
et cette enveloppe, il la remit à l'autre valet de pied
a'r amlen hon a draddododd i'r troedmon arall
D'un ton cérémoniel, il lui donna les ordres
Mewn tôn seremonïol dywedodd wrtho y gorchmynion
« Ce message s'adresse à la duchesse »
"Mae'r neges hon ar gyfer y Dduges"
« Une invitation de la reine à jouer au croquet »
"Gwahoddiad gan y Frenhines i chwarae croquet"
**Le valet de pied qui ressemblait à une grenouille répéta
l'ordre**
Ailadroddodd y troedmon a oedd yn edrych fel broga y drefn
« De la reine »
'O'r Frenhines'
« Une invitation »
'Gwahoddiad'
« pour la duchesse »
'Ar gyfer y Dduges'
« Jouer au croquet »
"Chwarae croquet"
Puis ils s'inclinèrent tous les deux
Yna fe wnaeth y ddau ohonyn nhw syrthio'n isel
et les boucles de leurs perruques s'emmêlèrent
ac mae'r cyrls yn eu wigiau got ymgolli gyda'i gilydd
**Bientôt, le valet de pied qui ressemblait à un poisson a
disparu**
cyn bo hir roedd y troedmon a oedd yn edrych fel pysgodyn
wedi mynd
**Mais le valet de pied qui ressemblait à une grenouille était
toujours là**

ond roedd y troedmon oedd yn edrych fel broga yno o hyd

Il était assis par terre près de la porte

Eisteddodd ar y llawr wrth y drws

Il regardait bêtement le ciel

Roedd yn syllu yn dwp i fyny i'r awyr

Alice s'approcha timidement de la porte et frappa

Aeth Alice i fyny at y drws a churo

— Il ne sert à rien de frapper, dit le valet de pied

"Does dim defnydd o guro," meddai'r troedmon

« Et ce, pour deux raisons »

'Mae hyn am ddau reswm'

« D'abord, parce que je suis du même côté de la porte que toi »

"Yn gyntaf, oherwydd fy mod ar yr un ochr i'r drws ag yr ydych chwi."

« Deuxièmement, parce qu'ils font tellement de bruit à l'intérieur »

"yn ail, achos maen nhw'n gwneud cymaint o sŵn tu fewn"

« Personne ne pouvait vous entendre »

'Does neb yn eich clywed chi'

Et il y avait certainement un bruit des plus extraordinaires à l'intérieur

Ac yn sicr roedd sŵn mwyaf anghyffredin yn digwydd o fewn

des hurlements et des éternuements constants

Cwsg a disian cyson

et de temps en temps un bruit de grand fracas

a phob hyn a hyn sŵn o ddamweiniau mawr

comme si un plat ou une bouilloire avait été brisé en morceaux

fel pe bai dysgl neu degell wedi ei thorri'n ddarnau

« Comment vais-je entrer ? » demanda Alice

'Sut alla i fynd i mewn?' gofynnodd Alice

— Faut-il que tu entres ? dit le valet de pied

'Ydach chi'n mynd i mewn o gwbl?' meddai'r dyn traed

« C'est la première question, vous savez »

"Dyna'r cwestiwn cyntaf, wyddoch chi"

Alice ouvrit la porte et entra

Agorodd Alice y drws a mynd i mewn

La porte menait directement à une grande cuisine

Y drws yn arwain i'r dde i mewn i gegin fawr

La cuisine était pleine de fumée d'un bout à l'autre

Roedd y gegin yn llawn mwg o un pen i'r llall

au milieu de la cuisine se trouvait la duchesse

Yng nghanol y gegin roedd y Dduges

Elle était assise sur un tabouret à trois pieds

Roedd hi'n eistedd ar stôl tair coes

et elle allaitait un bébé

Roedd hi'n nyrsio babi

Le cuisinier était penché au-dessus du feu

Roedd y cogydd yn pwyso dros y tân

Il remuait un grand chaudron

roedd yn cynhyrfu llodron mawr

et le chaudron semblait être plein de soupe

ac roedd y caldron yn ymddangos yn llawn cawl

« Il y a certainement trop de poivre dans cette soupe ! » Alice se dit

"Yn sicr mae gormod o bupur yn y cawl yna!" Alice yn dweud wrth ei hun

Elle l'a dit du mieux qu'elle a pu sans éternuer

Dywedodd hi orau y gallai heb tisian

Même la duchesse éternuait de temps en temps

Roedd hyd yn oed y Dduges yn tisian o bryd i'w gilydd

Mais les actions du bébé étaient les plus remarquables

Ond gweithredoedd y baban oedd y mwyaf nodedig

Le bébé éternuait et hurlait alternativement

Roedd y babi'n tisian ac yn udo bob yn ail

Il n'y avait pas un instant de pause entre les hurlements et les éternuements

Nid oedd munud o saib rhwng udno a tisian

Il y avait deux créatures dans la cuisine qui n'éternuaient pas

Roedd dau greadur yn y gegin nad oeddent yn tisian

Le cuisinier était trop occupé pour éternuer

Roedd y cogydd yn rhy brysur i tisian

et le gros chat ne semblait pas se soucier du poivre

ac nid oedd yn ymddangos bod y gath fawr yn meddwl y pupur

Au lieu de cela, le gros chat souriait d'une oreille à l'autre

Yn lle hynny, roedd y gath fawr yn gwenu o glust i glust

— Pourriez-vous me le dire, s'il vous plaît, dit Alice un peu timidement

"Os gwelwch yn dda fyddech chi'n dweud wrthyf," meddai Alice, ychydig yn ddigalon

« Pourquoi ton chat sourit-il comme ça ? »

"Pam mae dy gath yn gwenu fel yna?"

« C'est un Cheshire-Cat, » dit la duchesse

"Mae'n gath Swydd Gaer," meddai'r Duges

« Et c'est pourquoi il sourit d'une oreille à l'autre »

"A dyna pam ei fod yn gwenu o glust i glust"

« Je ne savais pas qu'un Cheshire-Cat souriait toujours »

"Doeddwn i ddim yn gwybod bod Cat Swydd Gaer wastad yn galaru"

« En fait, je ne savais pas que les chats pouvaient sourire », a déclaré Alice

"Yn wir, doeddwn i ddim yn gwybod y gallai cathod grin," meddai Alice

— Il y a beaucoup de choses que vous ne savez pas, dit la duchesse

"Mae yna lawer nad ydych chi'n ei wybod," meddai'r Dduges

« Il y a beaucoup de choses que vous ne savez pas et c'est un fait »

"Mae yna lawer nad ydych chi'n ei wybod ac mae hynny'n ffaith"

Juste à ce moment-là, le cuisinier retira le chaudron de soupe du feu

Dim ond wedyn cymerodd y cogydd y caldron o gawl oddi ar y tân

et aussitôt, elle commença à jeter tout ce qui était à sa portée

ac ar unwaith dechreuodd daflu popeth o fewn ei chyrhaeddiad

elle jeta tout ce qu'elle put sur la duchesse et le bébé

hi daflu popeth y gallai hi yn y Duges a'r babe

D'abord, elle jeta les fers à feu

Yn gyntaf, taflodd yr heyrn dân

Puis elle a jeté une poignée de casseroles

yna fe daflodd llond llaw o sosbenni

et enfin elle jeta les assiettes et les plats

Ac yn olaf taflodd y platiau a'r llestri

La duchesse ne fit pas attention à elle

Ni chymerodd y Duges unrhyw sylw ohoni

Même lorsqu'elle a été frappée par une assiette, elle ne s'est pas inquiétée

hyd yn oed pan gafodd ei tharo gan blât doedd hi ddim yn poeni

Le bébé hurlait déjà tellement

Roedd y babi eisoes yn ysgwyd cymaint

Il était donc impossible de dire si les coups blessaient le bébé ou non

felly roedd hi'n amhosib dweud a oedd yr ergydion yn brifo'r babi ai peidio

« Oh, je vous en prie, faites attention à ce que vous faites ! » s'écria Alice

"O, meddyliwch am yr hyn rydych chi'n ei wneud!" gwaeddodd Alice

et elle sautait de haut en bas dans une agonie de terreur

ac mae hi'n neidio i fyny ac i lawr mewn poen o arswyd

la duchesse offrit le bébé à Alice

Y Duges yn cynnig Alice y baban

« Ici ! Tu peux allaiter un peu le bébé, si tu veux !

Yma! Efallai y byddwch chi'n magu'r babi ychydig, os mynnwch chi!"

et elle lui lança l'enfant tout en parlant

A hi a ddaliodd y babi wrthi wrth iddi siarad

« Je dois aller me préparer à jouer au croquet avec la reine »

"Rhaid i mi fynd i baratoi i chwarae croquet gyda'r frenhines"

et elle se hâta de sortir de la chambre

a hi a frysiodd allan o'r ystafell

Alice attrapa le bébé avec quelque difficulté

Alice dal y baban gyda rhywfaint o anhawster
parce que c'était une petite créature de forme très étrange
oherwydd ei fod yn greadur bach siâp rhyfedd iawn
et l'enfant tendit les bras et les jambes dans toutes les directions
a'r baban yn dal ei freichiau a'i goesau i bob cyfeiriad
« Je ferais mieux d'emmener cet enfant avec moi », pensa Alice
"Mae'n well i mi fynd â'r plentyn hwn gyda mi," meddyliodd Alice
« Ils sont sûrs de tuer ce bébé dans un jour ou deux »
"Maen nhw'n sicr o ladd y plentyn mewn diwrnod neu ddau"
« Ne serait-ce pas un meurtre de laisser ce bébé derrière soi ? »
Oni fyddai'n llofruddiaeth gadael y plentyn hwn ar ôl?
Elle prononça les derniers mots à haute voix
Dywedodd y geiriau olaf yn uchel
Et la petite créature grogna en réponse
a'r peth bach yn gwenu mewn ateb
« Tu ferais mieux de ne pas te transformer en cochon, ma chère, » dit Alice
"Mae'n well gennych beidio â throi'n foch, fy annwyl," meddai Alice
« ou alors je n'aurai plus rien à faire avec toi »
"Fel arall, fydd gen i ddim byd arall i'w wneud â chi"
Alice commençait à peine à penser en elle-même :
Roedd Alice yn dechrau meddwl drosti ei hun:
« Maintenant, que vais-je faire de cette créature, quand je la ramène à la maison ? »
"Yn awr, beth a wnaf â'r creadur hwn, pan ddof ag ef adref?"
Mais alors la petite créature grogna un peu violemment
ond yna fe grunodd y creadur bach ychydig yn dreisgar
et Alice baissa les yeux sur son visage avec une certaine inquiétude
ac edrychodd Alice i lawr i'w wyneb mewn rhyw fraw
Cette fois, il ne pouvait y avoir d'erreur à ce sujet
Y tro hwn, ni allai fod camgymeriad yn ei gylch

Ce n'était ni plus ni moins qu'un cochon
nid oedd yn fwy na llai na mochyn
alors elle déposa la petite créature
Felly dyma hi'n gosod y creadur bach i lawr
et la petite créature s'éloigna tranquillement dans le bois
a'r creadur bach yn trochi i ffwrdd yn dawel i mewn i'r pren
Alice se sentit tout à fait soulagée de voir la créature partir
Roedd Alice yn teimlo'n rhyddhad pur i weld y creadur yn
mynd
Alice fut un peu surprise en voyant le Chat-Cheshire
Roedd Alice ychydig yn frawychus wrth weld y Cheshire-Cat
Il était assis sur une branche d'arbre à quelques mètres de là
roedd yn eistedd ar gangen o goeden ychydig lathenni i
ffwrdd
Le chat ne sourit que lorsqu'il la vit
Dim ond pan welodd hi y gath grinned
« Chat du Cheshire », commença Alice un peu timidement
"Cheshire-cat," dechreuodd Alice, braidd yn ddi-baid
**« Pourriez-vous s'il vous plaît me dire dans quelle direction
je dois aller à partir d'ici ? »**
"A wnewch chi ddweud wrthyf pa ffordd y dylwn i fynd oddi
yma?"
« Dans cette direction », dit le chat
"I'r cyfeiriad hwnnw," meddai'r gath
et il agita la patte droite
ac fe chwifiodd y paw dde o gwmpas
**« C'est dans cette direction que vit un fabricant de
chapeaux »**
"Yn y cyfeiriad hwnnw yn byw gwneuthurwr hetiau"
puis le chat agita son autre patte
ac yna chwifiodd y gath ei phêr arall
« Et dans cette direction vit un lièvre de marche »
"Ac i'r cyfeiriad hwnnw yn byw ysfa Mawrth"
**« Visitez l'un ou l'autre de vos goûts ; Ils sont tous les deux
fous"**
"Galwch heibio naill ai rydych chi'n hoffi; Mae'r ddau yn
wallgof"

— Mais je ne veux pas aller parmi des fous, remarqua Alice
"Ond dydw i ddim eisiau mynd ymhlith pobl wallgof,"
meddai Alice
« Oh, tu ne peux pas t'en empêcher, » dit le Chat
"O, allwch chi ddim helpu hynny," meddai'r Cat
« Nous sommes tous fous ici »
'Dyn ni i gyd yn wallgof yma'
« Tu joues au croquet avec la reine aujourd'hui ? »
"Dych chi'n chwarae gyda'r Frenhines heddiw?"
— J'aimerais beaucoup, dit Alice
"Hoffwn i fod yn fawr iawn," meddai Alice
« mais je n'ai pas encore été invité »
"Ond dydw i ddim wedi cael gwahoddiad eto"
« Tu me verras là-bas », dit le Chat
"Fe welwch chi fi yno," meddai'r gath
et d'un instant à l'autre le chat disparaissait
ac o un eiliad i'r nesaf diflannodd y gath
bientôt Alice arriva en vue de la maison du lièvre de marche
cyn bo hir Alice got yn gweld y tŷ y march hare
C'était une très grande maison
Roedd hwn yn dŷ mawr iawn
alors Alice ne voulait pas s'approcher de la maison
felly doedd Alice ddim eisiau mynd yn agos i'r tŷ
D'abord, elle a dû grignoter un peu plus du morceau de
champignon du côté gauche
Yn gyntaf bu'n rhaid iddi blygu ychydig mwy o'r darn ochr
chwith o fadarch

Un thé fou
Te Parti Mad
Devant la maison, il y avait un arbre
O flaen y tŷ roedd coeden
et sous l'arbre, il y avait une table
Ac o dan y goeden roedd bwrdd
et la table était dressée avec toutes sortes de couverts
a gosodwyd y bwrdd gyda phob math o gyllyll
Le lièvre de mars et le chapelier étaient à table
Roedd yr ysgyfarnog March a'r gwneuthurwr het wrth y
bwrdd
et ensemble ils prenaient le thé
Gyda'i gilydd roedden nhw'n cael te
Un loir était assis entre eux
Roedd pathewod yn eistedd rhyngddynt
et le loir dormait profondément
Roedd y pathew yn cysgu'n gyflym
La table était d'une taille extraordinaire
Roedd y bwrdd o faint rhyfeddol
mais la majeure partie de la table était inoccupée
Ond roedd y rhan fwyaf o'r bwrdd yn wag
**Ils étaient assis serrés les uns contre les autres dans un coin
de la table**
eisteddasant gyda'i gilydd ar un gornel o'r bwrdd
et pourtant ils s'excusaient quand ils voyaient Alice
ac eto fe wnaethon nhw esgusodion pan welon nhw Alice
« Pas de place ! Pas de place ! » crièrent-ils
Dim ystafell! Dim ystafell!" gwaeddasant yn
« Il y a beaucoup de place ! » dit Alice avec indignation
"Mae digon o le!" meddai Alice yn ddig
**À l'une des extrémités de la table, il y avait un grand
fauteuil**
Ar un pen o'r bwrdd roedd cadair fraich fawr
et Alice s'assit dans le fauteuil
ac eisteddodd Alice ei hun yn y gadair freichiau
Le chapelier ouvrit de grands yeux
Agorodd y gwneuthurwr het ei lygaid yn eang iawn

Il n'arrivait pas à croire ce qu'il voyait
Ni allai gredu'r hyn yr oedd yn ei weld
Mais son esprit était curieux d'autres choses
Ond roedd ei feddwl yn chwilfrydig am bethau eraill
« Pourquoi un corbeau est-il comme un bureau ? »
"Pam mae cig mochyn fel desg ysgrifennu?"
Alice était prête à relever le défi
Roedd Alice yn agored i'r her
« Je suis content qu'ils aient commencé à poser des énigmes »
"Dwi'n falch eu bod nhw wedi dechrau gofyn am gwers"
— Je crois que je peux le deviner, ajouta-t-elle à haute voix
"Rwy'n credu y gallaf ddyfalu hynny," ychwanegodd yn uchel
Le lièvre de mars s'est curieux de connaître Alice
Tyfodd yr ysgyfarnog Mawrth yn chwilfrydig am Alice
« Pensez-vous vraiment que vous pouvez trouver la réponse ? »
"Ydych chi'n meddwl y gallwch chi ddod o hyd i'r ateb?"
— Je crois que je peux trouver la réponse, en effet, dit Alice
"Rwy'n credu y gallaf ddod o hyd i'r ateb yn wir," meddai Alice
« Alors, tu devrais dire ce que tu veux dire », continua le lièvre de marche
"Yna dylech chi ddweud beth rydych chi'n ei olygu," aeth yr ysgyfarnog Mawrth ymlaen
— Je dis ce que je pense, répondit vivement Alice
'Rwy'n dweud yr hyn yr wyf yn ei olygu,' atebodd Alice ar frys.
« à tout le moins, je pense ce que je dis »
"O leiaf rwy'n golygu'r hyn rwy'n ei ddweud"
« C'est la même chose, vous savez »
"Mae'r un peth, wyddoch chi"
Le loir a également contribué à la conversation
Cyfrannodd y pathew hefyd at y sgwrs
mais le loir semblait parler dans son sommeil
ond roedd y pathewod yn ymddangos fel petai'n siarad yn ei gwsg

« Je respire quand je dors »
"Rydw i'n anadlu pan dw i'n cysgu"
« Je dors quand je respire ! »
"Dw i'n cysgu pan dw i'n anadlu!"
« Autant dire qu'ils sont les mêmes aussi »
"Efallai y byddwch hefyd yn dweud eu bod yr un fath"
« C'est la même chose pour toi », dit le chapelier
"Mae'r un peth gyda chi," meddai'r gwneuthurwr het
Et il versa un peu de thé sur le nez du loir
ac efe a dywalltodd de bach ar drwyn y pathew
Le Loir secoua la tête avec impatience
Ysgydwodd y Dormouse ei ben yn ddiamynedd
et le loir parla de nouveau, sans ouvrir les yeux
Ac eto fe siaradodd y pathew, heb agor ei lygaid
« Bien sûr, bien sûr que c'est la même chose »
"Wrth gwrs, mae'r un peth"
« C'est juste ce que j'allais dire moi-même »
"Dyna beth roeddwn i'n mynd i'w ddweud fy hun"

Le chapelier se tourna vers Alice et lui posa une autre question

Trodd y gwneuthurwr het at Alice a gofyn cwestiwn arall

« As-tu déjà deviné l'énigme ? »

"Wyt ti wedi dyfalu'r pos eto?"

« Non, j'abandonne », a concédé Alice

'Na, rwy'n rhoi'r gorau iddi,' cyfaddefodd Alice

« Quelle est la réponse ? » voulait-elle savoir

"Beth yw'r ateb?" mynnai wybod

— Je n'en ai pas la moindre idée, dit le chapelier

"Nid oes gennyf y syniad lleiaf," meddai'r gwneuthurwr het

« Moi non plus, » dit le lièvre de marche

"Nid wyf ychwaith yn gwybod," meddai'r ysgyfarnog Mawrth

Alice poussa un soupir de lassitude

Alice yn rhoi ochenaid blinedig

« Il y a de meilleures utilisations du temps que des énigmes sans réponses »

"Mae gwell defnydd o amser na rhigymau heb atebion"

« Prends encore du thé », dit le lièvre de marche à Alice, très sérieusement

"cael mwy o de," meddai ysgyfarnog y march wrth Alice, yn ddifrifol iawn

Alice était assez offensée par l'offre

Roedd Alice yn drist iawn gan y cynnig

— Je n'ai pas encore pris de thé, répondit Alice

"Dydw i ddim wedi cael te eto," atebodd Alice.

« donc je ne peux plus prendre de thé »

"Alla i ddim cael mwy o de"

— Vous voulez dire que vous ne pouvez pas prendre moins de thé, dit le chapelier

"Rydych chi'n golygu na allwch chi gael llai o de," meddai'r gwneuthurwr het

« C'est très facile de prendre plus que rien »

"Mae'n hawdd cymryd mwy na dim"

À ces mots, Alice se leva et s'en alla

Ar hyn, cododd Alice a cherdded i ffwrdd

Le loir s'endormit instantanément

Syrthiodd y pathew yn syth i gysgu
et ni l'un ni l'autre ne firent la moindre attention à son départ
ac ni chymerodd yr un o'r lleill y lleiaf o sylw iddi fynd
bien qu'elle ait regardé en arrière une ou deux fois
Edrychodd yn ôl unwaith neu ddwywaith
Ils essayaient de mettre le loir dans la théière
Roedden nhw'n ceisio rhoi'r pathew yn y te-pot
« En tout cas, je n'y retournerai plus ! » dit Alice
"Ar unrhyw gyfradd, ni fyddaf byth yn mynd yno eto!" meddai Alice
et elle se fraya un chemin à travers les bois
a hi a rodiodd ei ffordd trwy'r coed
« c'était le thé le plus stupide auquel j'aie jamais assisté »
"Hwn oedd y parti te mwyaf dwl i mi erioed wedi bod iddo"
Juste au moment où elle disait cela, elle remarqua quelque chose
Fel y dywedodd hi, mae hi'n sylwi ar rywbeth
L'un des arbres avait une porte qui y menait directement
Roedd gan un o'r coed ddrws yn arwain i'r dde i mewn iddo
« C'est très intéressant ! » a-t-elle pensé
"Mae hynny'n ddiddorol!" meddyliodd
« Je pense que je peux aussi bien passer la porte »
"Dw i'n meddwl y galla i fynd trwy'r drws hefyd"
Et elle passa par la porte
Trwy'r drws aeth hi
Une fois de plus, elle se retrouva dans le long couloir
Unwaith eto, cafodd ei hun yn y neuadd hir
de nouveau, elle était près de la petite table de verre
Unwaith eto roedd hi'n agos at y bwrdd gwydr bach
Elle prit la petite clé d'or
Cymerodd yr allwedd aur fach
et elle ouvrit la porte qui donnait sur le jardin
a hi ddatgloi'r drws a arweiniai i'r ardd
Puis elle s'est mise au travail pour grignoter le champignon
Yna aeth ati i weithio yn y madarch
Elle avait gardé un morceau du champignon dans sa poche

Roedd hi wedi cadw darn o'r fadarchen yn ei phoced
Et finalement, elle mesurait environ un mètre
ac o'r diwedd roedd hi tua metr o daldra
Puis elle descendit le petit couloir
Yna cerddodd i lawr y coridor bach
**Et puis elle s'est finalement retrouvée dans le magnifique
jardin**
Ac yna o'r diwedd cafodd ei hun yn yr ardd hardd
**et elle était parmi les fleurs brillantes et les fontaines
fraîches**
ac roedd hi ymhlith y blodau llachar a'r ffynhonnau oer

Le terrain de croquet de la reine

Maes croquet y Frenhines

Un grand rosier se dressait près de l'entrée du jardin

Roedd coeden ros fawr yn sefyll wrth fynedfa'r ardd

Les roses qui poussaient sur l'arbre étaient blanches

Roedd y rhosod a dyfodd ar y goeden yn wyn

Mais il y avait trois jardiniers qui peignaient la rose

Ond roedd tri garddwr yn peintio'r rhosyn

Ils étaient occupés à peindre les roses en rouge

roeddent yn busili yn peintio'r rhosod coch

et Alice les regardait peindre les roses en rouge

ac roedd Alice yn eu gwylio yn paentio'r rhosod yn goch

et soudain leurs yeux tombèrent par hasard sur Alice

ac yn sydyn eu llygaid yn cael eu siawns i syrthio ar Alice

Alice parlait un peu timidement

Alice yn siarad ychydig yn frawychus

« Pourriez-vous me le dire, s'il vous plaît ? »

"A wnewch chi ddweud wrthyf, os gwelwch yn dda?"

« Pourquoi peignez-vous tous ces roses ? »

"Pam ydych chi i gyd yn paentio'r rhosod hynny?"

cinq et sept ne dirent rien, mais regardèrent deux

5 A saith ni ddywedasant ddim, ond edrychasant ar ddau

deux d'entre eux parlèrent à voix basse

dau yn siarad, mewn llais isel

— Eh bien, le fait est, voyez-vous, madame.

"Y gwir yw, rydych chi'n gweld, madam"

« Celui-ci aurait dû être un rosier rouge »

"Dylai hyn fod wedi bod yn goeden rhosyn coch"

« Et nous avons mis un rosier blanc par erreur »

"Ac rydym yn rhoi coeden rhosyn gwyn mewn camgymeriad"

« Comme vous en conviendrez, la reine ne doit pas le découvrir »

"Fel y byddech chi'n cytuno, rhaid i'r Frenhines beidio â darganfod"

« Sinon, nous aurions tous la tête tranchée »

"Fel arall, byddai pob un ohonom yn cael ein pennau wedi'u torri i ffwrdd"

« Alors vous voyez, madame, nous faisons de notre mieux »
"Felly rydych chi'n gweld, madam, rydyn ni'n gwneud ein gorau"
La cinquième carte avait regardé anxieusement à travers le jardin
Roedd cerdyn pump wedi bod yn edrych yn bryderus ar draws yr ardd
À ce moment, la cinquième carte cria : « La dame ! La reine !
Ar hyn o bryd mae cerdyn pump yn galw allan, "Y Frenhines! Y frenhines!"
Et les trois jardiniers s'enfuirent aussitôt
a disgynnodd y tri garddwr yn syth i ffwrdd
et ils se jetèrent à plat ventre
A dyma nhw'n taflu eu hunain yn wastad ar eu hwynebau
Il y eut un bruit de nombreux pas
Roedd sŵn o lawer o olion traed
Alice regarda autour d'elle, impatiente de voir la reine
Edrychodd Alice o gwmpas, yn awyddus i weld y frenhines
Au début de la procession se trouvaient dix soldats
Ar ddechrau'r orymdaith roedd deg milwr
leurs mains et leurs pieds étaient dans les coins
Roedd eu dwylo a'u traed yn y corneli
et dans leurs mains et leurs pieds étaient des massues
ac yn eu dwylo a'u traed roedd clybiau
Venaient ensuite les dix courtisans
Nesaf daeth y deg llys
Les courtisans étaient partout ornés de diamants
Roedd y llyswyr wedi'u haddurno ar draws gyda diemwntau
Après les courtisans sont venus les enfants royaux
Ar ôl i'r llys ddod daeth y plant brenhinol
Il y avait dix enfants royaux
Yr oedd deg o'r plant brenhinol
et tous les enfants royaux étaient ornés de cœurs
a'r holl blant brenhinol yn cael eu gwisgo â chalonnau
Venaient ensuite les invités ; principalement des rois et des reines
Nesaf daeth y gwesteion; brenhinoedd a breninesau yn bennaf

et parmi les rois et la reine, Alice vit quelqu'un

ac ymhlith y brenhinoedd a'r frenhines Alice gwelodd rhywun

Elle revit le lapin blanc qu'elle avait chassé

gwelodd eto'r gwningen wen yr oedd wedi ei herlid

Le cortège était suivi par le valet de cœur

Dilynwyd yr orymdaith yn knave calonnau

Il portait la couronne du roi

Roedd yn cario coron y brenin

et la couronne du roi était sur un coussin de velours cramoisi

Ac yr oedd coron y brenin ar glustog melfed crimson

Et puis vint la fin de ce grand cortège

ac yna daeth diwedd yr orymdaith fawr hon

Et là, à la fin, il y avait le Roi et la Reine de Cœur

Ac yno yn y diwedd yr oedd brenin a brenhines y calonnau

le cortège arriva en face d'Alice

daeth yr orymdaith gyferbyn ag Alice

et ils s'arrêtèrent tous et la regardèrent

A dyma nhw i gyd yn stopio ac yn edrych ar ei

et la reine dit sévèrement : « Qui est-ce ? »

Gofynnodd y Frenhines yn ddifrifol, "Pwy yw hwn?"

Elle l'a dit au Valet de Cœur

Dywedodd wrth y Knave of Hearts

Mais il s'est contenté de s'incliner et de sourire en réponse

Ond roedd e jyst yn gwenu ac yn gwenu mewn ateb

Alice parla très poliment

Alice yn siarad yn gwrtais iawn

« Je m'appelle Alice, alors faites plaisir à Votre Majesté »

"Fy enw i yw Alice, felly os gwelwch yn dda eich mawredd"

Mais elle avait d'autres pensées pour elle-même

Ond roedd ganddi feddwl arall iddi hi ei hun

« Ce n'est qu'un jeu de cartes, après tout ! »

"Dim ond pecyn o gardiau ydyn nhw, wedi'r cyfan!"

« Savez-vous jouer au croquet ? » cria la reine

"Wyt ti'n gallu chwarae croquet?" gwaeddodd y frenhines

La question était évidemment destinée à Alice

Mae'n amlwg bod y cwestiwn yn cael ei olygu ar gyfer Alice

— Oui ! dit Alice d'une voix forte

'Ydw!' meddai Alice yn uchel
« Venez jouer alors ! » rugit la reine
"Dewch i chwarae yna!" rhuodd y frenhines
une voix timide s'adressa à Alice
llais digalon yn siarad ag Alice
« C'est une très belle journée ! »
"Mae'n ddiwrnod braf iawn!"
Elle se promenait près du lapin blanc
Roedd hi'n cerdded gan y gwningen wen
et le Lapin Blanc jetait un coup d'œil anxieux sur son visage
ac roedd y Gwningen Gwyn yn peeping yn bryderus i'w
hwyneb
« Une très belle journée, en effet, confirma Alice
"Diwrnod braf iawn," meddai Alice
« Où est la duchesse ? »
"Ble mae'r ddugiaid?"
« Chut ! Chut ! dit le Lapin
"Hush! Hush!" meddai'r Gwningen
« Elle est sous le coup d'une sentence d'exécution »
'Mae hi dan ddedfryd o ddienyddio'
« Pourquoi est-elle exécutée ? » demanda Alice
"Am beth y mae hi'n cael ei ddienyddio?" gofynnodd Alice
« Elle a éraflé les oreilles de la reine », commença le lapin
"Mae hi'n sgrechian clustiau'r frenhines," dechreuodd y
gwningen
cria la reine d'une voix de tonnerre
Gwaeddodd y Frenhines mewn llais o daranau
« Retournez à vos endroits ! »
Ewch i'ch lle!
et les gens se mirent à courir dans toutes les directions
a phobl yn dechrau rhedeg o gwmpas i bob cyfeiriad
et ils tombèrent tous les uns contre les autres
a phawb yn ymryson yn erbyn ei gilydd
Cependant, ils se sont calmés en une minute ou deux
Fodd bynnag, maent yn setlo i lawr mewn munud neu ddau
Et puis le jeu a commencé
Yna dechreuodd y gêm

Alice n'avait jamais vu un terrain de croquet aussi curieux
Doedd Alice erioed wedi gweld tir croquet mor chwilfrydig
L'herbe n'était que crêtes et sillons
Yr oedd y glaswellt i gyd yn gribau a blew
Les boules de croquet étaient de vrais hérissons
Roedd y peli croquet yn ddraenogod go iawn
Et les maillets étaient de vrais flamants roses
Ac roedd y camweddau yn fflamingos go iawn
et les soldats se tinrent sur leurs mains et leurs pieds
A'r milwyr a safasant ar eu dwylo a'u traed,
Parce que les arches ont été faites à partir de leurs corps
am fod y bwâu wedi eu gwneud o'u cyrff
Les joueurs ont tous joué en même temps
Roedd pawb yn chwarae ar unwaith
Personne n'attendait son tour
neb yn aros am eu tro
et tout le monde se querellait avec tout le monde
a phawb yn ffraeo gyda phawb
et tous se battaient pour les hérissons
ac roedd pob un yn ymladd am y draenogod
Bientôt, la reine fut dans une colère furieuse
Cyn bo hir roedd y Frenhines mewn angerdd ffyrnig
et elle s'est mise à piétiner et à crier
a dechreuodd stampio am a gweiddi
« Coupez-lui la tête ! »
"Torrwch eich pen i ffwrdd!"
« Coupez-lui la tête ! »
"Tynnwch eich pen i ffwrdd!"
« Coupez-leur la tête ! »
"Torrwch eu pennau i gyd i ffwrdd!"
De nouveau, Alice pensa en elle-même
Unwaith eto meddyliodd Alice ei hun
« Ils sont affreusement friands de décapiter les gens ici »
"Maen nhw'n ofnadwy o hoff o gael pobl yma"
**« Ce qui est très étonnant, c'est qu'il reste quelqu'un en vie !
»**
"Y rhyfeddod mawr yw bod unrhyw un ar ôl yn fyw!"

Elle cherchait un moyen de s'échapper
Roedd hi'n chwilio am ffordd o ddianc
Elle remarqua une curieuse apparition dans l'air
Sylwodd ar ymddangosiad rhyfedd yn yr awyr
« C'est le chat du Cheshire », se dit-elle
"Mae'n gath Swydd Gaer," meddai wrthi ei hun
« maintenant j'aurai quelqu'un à qui parler »
'Nawr, mae gen i rywun i siarad â nhw'
« Comment vas-tu ? » dit le chat
"Sut wyt ti'n dod ymlaen?" meddai'r gath
**« Je ne pense pas qu'ils jouent du tout équitablement », a
déclaré Alice**
"Dwi ddim yn meddwl eu bod nhw'n chwarae o gwbl yn deg,"
meddai Alice
et elle avait un ton plutôt plaintif
ac roedd ganddi naws braidd yn cwyno
« Ils se querellent tous si affreusement »
"Maen nhw i gyd yn ffraeo mor ofnadwy"
« On ne s'entend pas parler »
'Ddim yn gallu clywed eich hun yn siarad'
« Et ils ne semblent pas jouer selon des règles »
"Ac nid yw'n ymddangos eu bod yn chwarae yn ôl unrhyw
reolau"
le chat a posé une question à Alice à voix basse
gofynnodd y gath gwestiwn i Alice mewn llais isel
« Comment aimez-vous la reine ? »
"Sut wyt ti'n hoffi'r frenhines?"
— Je ne l'aime pas du tout, dit Alice
"Dydw i ddim yn ei hoffi hi o gwbl," meddai Alice

Alice pensa qu'elle ferait aussi bien d'y retourner
Roedd Alice yn meddwl y gallai hi hefyd fynd yn ôl
Elle voulait voir comment le match se passait
Roedd hi eisiau gweld sut mae'r gêm yn mynd
Elle est partie à la recherche de son hérisson
aeth i chwilio am ei draenog
Le hérisson était occupé à combattre un autre hérisson
Roedd y draenog yn brysur yn ymladd draenog arall
C'était une excellente occasion
Roedd hwn yn gyfle ardderchog
Elle pouvait croquer un hérisson avec l'autre
gallai croquet un draenog gyda'r llall
Mais son flamant rose était de l'autre côté du jardin
Ond roedd ei flamingo yr ochr arall i'r ardd
Le flamant rose était plutôt maladroit
Roedd y flamingo braidd yn flêr
Son flamant rose essayait de s'envoler dans un arbre
Roedd ei flamingo yn ceisio hedfan i fyny i goeden
Elle attrapa le flamant rose par la patte
Daliodd hi'r fflam gan y goes
Et elle glissa le flamant rose sous son bras

ac fe wnaeth hi swatio'r fflamau i ffwrdd o dan ei braich
De cette façon, le flamant rose ne pouvait plus s'échapper
Y ffordd honno ni allai'r fflamingo ddianc eto
Juste à ce moment-là, Alice rencontra la duchesse
Dim ond wedyn Alice ddigwyddodd i gwrdd â'r dduges
La duchesse était maintenant sortie de prison
Roedd y dduges allan o'r carchar erbyn hyn
Elle glissa affectueusement son bras sous celui d'Alice
Cuddiodd ei braich yn annwyl o dan fraich Alice
puis ils sont partis ensemble
Yna cerddon nhw gyda'i gilydd
Alice était très heureuse de la trouver d'une humeur si agréable
Roedd Alice yn falch iawn o ddod o hyd iddi mewn tymer mor ddymunol
Elle était cependant un peu surprise
Roedd hi ychydig yn frawychus, fodd bynnag
Elle entendit la voix de la duchesse près de son oreille
clywodd lais y dduges yn agos at ei chlust
« Tu penses à quelque chose, ma chérie »
"Rydych chi'n meddwl am rywbeth, fy mrawd"
« Et ça fait oublier de parler »
"Mae hynny'n gwneud i chi anghofio siarad"
« Le jeu se passe un peu mieux maintenant », a déclaré Alice
"Mae'r gêm yn mynd ymlaen yn well nawr," meddai Alice
C'était une façon de poursuivre la conversation
Roedd yn un ffordd o gadw'r sgwrs i fynd
— C'est vrai, dit la duchesse
"Mae e mor wir," meddai'r dduges
« Et la morale de cela est la suivante : »
"A moesol hynny yw hyn:"
« C'est l'amour qui fait tout ! »
"Cariad sy'n gwneud y cyfan!"
« L'amour est ce qui fait tourner le monde »
'Cariad yw'r hyn sy'n gwneud i'r byd fynd o gwmpas'
Alice avait une autre explication
Roedd gan Alice esboniad arall

« C'est fait par tout le monde qui s'occupe de ses propres affaires ! »

"Mae'n cael ei wneud gan bawb sy'n meddwl am ei fusnes ei hun!"

— Ah ! Vous pourriez avoir raison"

"O, wel! Gallwch fod yn iawn. "

— Tout cela signifie à peu près la même chose, dit la duchesse

"Mae'r cyfan yn golygu llawer yr un peth," meddai'r Dduges

et elle enfonça son petit menton pointu dans l'épaule d'Alice

a hi a gloddiodd ei gên fach finiog i ysgwydd Alice

« Et la morale de cela est la suivante »

"A moesol hynny yw hyn"

« Prendre soin du sens »

'Gofalu am y synnwyr'

« Et puis les sons prendront soin d'eux-mêmes »

"Ac yna bydd y synau yn gofalu amdanyn nhw eu hunain"

Mais alors le bras de la duchesse se mit à trembler

ond yna dechreuodd braich y dduges grynu

Alice leva les yeux et la reine se tenait là

Edrychodd Alice i fyny ac yno safodd y frenhines

La reine avait les bras croisés

Roedd gan y frenhines ei breichiau wedi'u plygu

Et elle fronçait les sourcils comme un orage !

ac roedd hi'n gwgu fel storm fellt!

« Je vous préviens », cria la reine

"Rwy'n rhoi rhybudd teg i chi," gwaeddodd y frenhines

et elle piétina le sol tout en parlant

a hi yn stompio ar y llawr fel yr oedd hi'n siarad

« Soit ta tête, soit sa tête doit être coupée »

"Rhaid i'ch pen neu'ch pen fod i ffwrdd"

« Faites votre choix ! »

"Cymerwch eich dewis!"

« Et soyez rapide à ce sujet »

'Byddwch yn gyflym am y peth'

La duchesse fait son choix

Gwnaeth y dduges ei dewis

et au bout d'un instant la duchesse avait disparu
ac o fewn eiliad roedd y dduges wedi mynd
Puis la reine s'adressa à Alice
Yna siaradodd y frenhines ag Alice
« Continuons le jeu »
'Parhau gyda'r gêm'
Alice était trop effrayée pour dire un mot
Roedd Alice yn rhy ofnus i ddweud gair
et elle la suivit lentement jusqu'au terrain de croquet
ac yn araf ddilynodd hi yn ôl i'r croquet-ground
Pendant tout ce temps, la reine s'est querellée avec les autres joueurs
Yr holl amser y frenhines yn ffraeo gyda'r chwaraewyr eraill
« Coupez-lui la tête ! »
"Torrwch eich pen i ffwrdd!"
« Coupez-lui la tête ! »
"Tynnwch eich pen i ffwrdd!"
« Coupez-leur la tête ! »
"Torrwch eu pennau i gyd i ffwrdd!"
Bientôt, tous les joueurs ont été en garde à vue
Yn fuan roedd yr holl chwaraewyr yn y ddalfa
il ne restait que le roi, la reine et Alice
dim ond y brenin, y frenhines ac Alice a arhosodd
Puis la reine s'en alla, tout à fait essoufflée
Yna gadawodd y frenhines, yn eithaf allan o wynt
et elle s'en alla avec Alice
Cerddodd i ffwrdd gydag Alice
Alice entendit le roi dire quelque chose
Clywodd Alice y brenin yn dawel yn dweud rhywbeth
« Vous êtes tous pardonnés »
'Rydych chi i gyd yn cael eich sarhau'
Mais soudain, un autre cri se fit entendre
ond yn sydyn clywodd cri arall
« Le procès commence ! »
"Mae'r achos yn dechrau!"
et Alice courut avec les autres
ac Alice yn rhedeg gyda'r lleill

Qui a volé les tartes ?

Pwy sy'n dwyn y tarts?

Le roi et la reine de cœur étaient assis

Eisteddodd brenin a brenhines y galon

ils étaient sur leur trône quand Alice arriva

roedden nhw ar eu horsedd pan gyrhaeddodd Alice

Il y avait une grande foule rassemblée autour d'eux

Yr oedd tyrfa fawr wedi ymgasglu o'u hamgylch

Il y avait toutes sortes de petits oiseaux et de bêtes

Roedd pob math o adar a bwystfilod bach

Et il y avait tout le paquet de cartes

Ac roedd y pecyn cyfan o gardiau

Le coquin se tenait devant eux, enchaîné

yr oedd y cnwd yn sefyll o'u blaen, mewn cadwyni

et il y avait un soldat de chaque côté pour le garder

ac yr oedd milwr ar bob ochr i'w warchod

près du roi était le lapin blanc

Ger y Brenin roedd y gwningen wen

Il avait une trompette dans une main

Roedd ganddo utgorn mewn un llaw

et il avait un rouleau de parchemin dans l'autre main

ac yr oedd ganddo sgrôl o femrwn yn y llaw arall

Au milieu de la cour se trouvait une table

Yng nghanol y llys roedd bwrdd

Sur la table, il y avait un grand plat de tartes

Ar y bwrdd roedd dysgl fawr o dartiau

« J'aimerais qu'ils fassent le procès », pensa Alice

"Rwy'n dymuno y byddent yn cael y treial," meddai Alice

« Alors nous pourrions manger quelques-uns de ces rafraîchissements ! »

"Yna fe allen ni fwyta rhywfaint o'r lluniaeth yna!"

Le juge, soit dit en passant, était le roi
Y barnwr, gyda llaw, oedd y brenin
et il portait sa couronne sur sa grande perruque
a gwisgai ei goron dros ei wig fawr
« C'est le banc des jurés, pensa Alice
"Dyna'r blwch rheithgor," meddyliodd Alice
« Et ces douze créatures, je suppose qu'elles sont les jurés »
"a'r deuddeg creadur hynny, mae'n debyg mai nhw yw'r
rheithgor."
certains étaient des animaux, et d'autres étaient des oiseaux
Roedd rhai yn anifeiliaid, ac eraill yn adar
Juste à ce moment-là, le lapin blanc a crié
Dim ond wedyn gwaeddodd y gwningen wen
« Silence dans la cour ! »
"Distawrwydd yn y llys!"
« Héraut, lisez l'accusation ! » dit le roi
"Herald, darllenwch y cyhuddiad!" meddai'r brenin
Le lapin blanc souffla trois coups de trompette
Chwythodd y gwningen wen dair chwyth ar yr utgorn
Puis il déroula le parchemin
Yna fe ddadrholiodd y sgrôl memrwn
Et il a lu ce qui suit :
Darllenodd fel a ganlyn:
« La reine de cœur, elle a fait des tartes, »

'Brenhines y calonnau, gwnaeth hi ychydig o dartiau.'
« Tout cela, elle l'a fait un jour d'été »
'Hyn oll a wnaeth hi ar ddiwrnod o haf'
« Le valet de cœur, il a volé ces tartes »
"Calon y galon, efe a ladrataodd y tartiau hynny"
« Et il a emporté ces tartes loin ! »
"Ac fe aeth â'r tarts yna ymhell i ffwrdd!"
« Appelez le premier témoin », dit le roi
'Galw'r dystiolaeth gyntaf,' meddai'r brenin
et le lapin blanc souffla trois coups de trompette
a chwythodd y gwningen wen dair chwyth ar yr utgorn
« Amenez le premier témoin ! » cria-t-il
"Dewch â'r tyst cyntaf!" gwaeddodd allan
Le premier témoin était le chapelier
Y tyst cyntaf oedd y gwneuthurwr het
Il entra avec une tasse de thé dans une main
Daeth i mewn gyda phaned mewn un llaw
et il avait un morceau de pain et de beurre dans l'autre main
Ac yr oedd ganddo ddarn o fara a menyn yn y llaw arall
« Tu aurais dû finir », dit le roi
'Dylse ti fod wedi gorffen,' meddai'r brenin
« Quand avez-vous commencé ? »
"Pryd wnaethoch chi ddechrau?"
Le chapelier regarda le lièvre de marche
Mae'r gwneuthurwr het yn edrych ar y march hare
Le lièvre de marche l'avait suivi dans la cour
Roedd yr Arglwydd March wedi ei ddilyn i'r llys
Il avait marché bras dessus bras dessous avec le loir
Roedd wedi cerdded braich yn ei fraich gyda'r pathew
« Le quatorzième mars, je crois, dit-il
"Pedwerydd ar ddeg Mawrth, dwi'n meddwl ei fod," meddai
« Rendez votre témoignage », dit le roi
'Rhowch eich tystiolaeth,' meddai'r brenin
« Et ne sois pas nerveux, ou je te ferai exécuter sur-le-champ »
"A pheidiwch â bod yn nerfus, neu fe wnaf i chi weithredu yn y fan a'r lle."

Cela n'a pas semblé encourager du tout le témoin
Ymddengys nad oedd hyn yn annog y tyst o gwbl
Il n'arrêtait pas de se déplacer d'un pied sur l'autre
Daliodd ati i symud o un droed i'r llall
et il regarda la reine avec inquiétude
ac edrychodd yn anesmwyth ar y frenhines
**et, dans sa confusion, il mordit un gros morceau de sa tasse
de thé**
Ac, yn ei ddryswch, fe wnaeth dorri darn mawr allan o'i
teacup
En réalité, il voulait croquer dans son pain et son beurre
Roedd wir yn bwriadu brathu o'i fara a menyn
Juste à ce moment, Alice éprouva une sensation très curieuse
Ar hyn o bryd roedd Alice yn teimlo teimlad chwilfrydig iawn
Elle commençait à grossir à nouveau
Roedd hi'n dechrau tyfu'n fwy eto
Le misérable chapelier laissa tomber sa tasse de thé
Gollyngodd y gwneuthurwr het diflas ei teacup
et le pain et le beurre tombèrent à terre
a syrthiodd y bara menyn i'r llawr
et il mit un genou à terre
ac aeth i lawr ar un pen-glin
« Je suis un pauvre homme, Votre Majesté », a-t-il commencé
"Rwy'n ddyn tlawd, eich mawredd," dechreuodd
« Vous êtes un bien mauvais orateur, » dit le roi
"Rydych chi'n siaradwr gwael iawn," meddai'r brenin
« Tu peux y aller, » dit le roi
'Byddet ti'n mynd,' meddai'r brenin
et le chapelier quitta précipitamment la cour
a gadawodd y gwneuthurwr het y llys ar frys
« Appelez le témoin suivant ! » dit le roi
"Ffoniwch y tyst nesaf!" meddai'r brenin
Le témoin suivant fut le cuisinier de la duchesse
Y tyst nesaf oedd cogydd y duges
Elle portait la poivrière à la main
Roedd hi'n cario'r bocs pupur yn ei llaw
et les gens près de la porte se mirent à éternuer tout à coup

A dechreuodd y bobl wrth y drws disian i gyd ar unwaith.
« Rendez votre témoignage », dit le roi
'Rhowch eich tystiolaeth,' meddai'r brenin
— Je ne donnerai aucun témoignage, dit le cuisinier
"Ni fyddaf yn rhoi unrhyw dystiolaeth," meddai'r cogydd
Le roi regarda anxieusement le lapin blanc
Edrychodd y brenin yn bryderus ar y gwningen wen
Et le lapin blanc parlait d'une voix douce
a siaradodd y gwningen wen mewn llais tawel
« Votre Majesté doit contre-interroger ce témoin »
"Rhaid i'ch Mawrhydi groesholi'r tyst hwn"
« Eh bien, s'il le faut, il le faut, » dit le roi
"Os oes rhaid, rhaid i mi," meddai'r brenin.
« De quoi sont faites les tartes ? »
"O beth mae tartiau wedi'u gwneud?"
**« Les tartes sont faites de poivre, principalement », a déclaré
le cuisinier**
"Mae tartiau wedi'u gwneud o bupur, yn bennaf," meddai'r
cogydd
**Pendant quelques minutes, toute la cour fut dans la
confusion**
Am rai munudau roedd y llys cyfan mewn dryswch
Finalement, ils se sont tous calmés
O'r diwedd roedden nhw i gyd yn setlo i lawr eto
Mais à ce moment-là, le cuisinier avait disparu
ond erbyn hynny roedd y cogydd wedi diflannu
« N'importe ! » dit le roi
'Peidiwch byth â meddwl!' meddai'r brenin
« Appel à la barre du prochain témoin »
"Galwch i'r stondin y tyst nesaf"
Alice regarda le lapin blanc qui tâtonnait sur la liste
Gwyliodd Alice y gwningen wen wrth iddo fygu dros y rhestr
**Vous pouvez imaginer sa surprise à ce qu'elle a entendu
ensuite**
Gallwch ddychmygu ei syndod am yr hyn a glywodd nesaf
à tue-tête de sa petite voix aiguë, il appela le nom « Alice ! »
ar frig ei lais bach shrill, galwodd yr enw "Alice!"

Le témoignage d'Alice

Tystiolaeth Alice

« Ici ! » s'écria Alice

'Wel!' gwaeddodd Alice

Elle se leva d'un bond en toute hâte

Neidiodd i fyny ar frys mawr

et elle renversa le banc des jurés

ac fe ddefnyddiodd hi dros y jury-box

et elle renversa tous les jurés

A hi a gurodd ar yr holl reithwyr

et ils tombèrent sur la tête de la foule en bas

a syrthiasant i bennau'r dyrfa islaw

Alice était dans un grand désarroi

Alice yn cael ei hanafu'n fawr

« Oh ! je vous demande pardon ! » s'écria-t-elle

"O, dw i'n erfyn ar dy flog!" meddai

« Le procès ne peut pas avoir lieu », dit le roi

"Ni all y treial fynd yn ei flaen," meddai'r brenin

« Les jurés doivent retourner à leur place »

"Rhaid i'r rheithgor ddychwelyd i'w llefydd priodol"

Il répéta l'ordre avec beaucoup d'emphase

Ailadroddodd y drefn gyda phwyslais mawr

et il regarda Alice d'un air sévère

Edrychodd yn ddwfn ar Alice

« Que savez-vous de ces événements ? » demanda le roi à Alice

"Beth ydych chi'n ei wybod am y digwyddiadau hyn?" gofynnodd y brenin i Alice

— Je ne sais rien à ce sujet, dit Alice

"Dwi ddim yn gwybod dim byd am y peth," meddai Alice

Le roi lut ensuite un extrait de son livre

Yna darllenodd y brenin o'i lyfr

« Règle quarante-deux »

'Rheol 42'

« Toutes les personnes de plus d'un kilomètre de haut doivent quitter le tribunal »

"Mae pob person sy'n fwy na milltir o uchder i adael y llys"

« Je ne suis pas à un mille de haut, » dit Alice
"Dydw i ddim yn milltir o uchder," meddai Alice
« Près de deux milles de haut », dit la reine
'Dwy filltir o uchder,' meddai'r Frenhines

— Eh bien, je refuse d'y aller, dit Alice
'Wel, dwi'n gwrthod mynd,' meddai Alice
Le roi pâlit
Trodd y brenin yn welw
et il ferma précipitamment son carnet
a chaeodd ei lyfr nodiadau ar frys.
« **Considérez votre verdict** », a-t-il dit au jury
"Ystyriwch eich dyfarniad," meddai wrth y rheithgor
Il parlait d'une voix basse et tremblante
Siaradodd mewn llais isel a chryno
Puis le lapin blanc prit la parole
Yna siaradodd y gwningen wen
« **Il y a encore plus de preuves à venir** »
'Mwy o dystiolaeth i ddod'
et il se leva d'un bond en toute hâte
Ac efe a gyfododd ar frys mawr
« **Ce papier vient d'être retiré** »
'Mae'r papur hwn newydd gael ei gasglu'
« **On dirait que c'est une lettre écrite par le prisonnier** »
"Mae'n ymddangos ei fod yn llythyr a ysgrifennwyd gan y

carcharor"
Il déplia le papier tout en parlant
Datblygodd y papur wrth iddo siarad
« Ce n'est pas une lettre, après tout »
"Dim llythyr, wedi'r cyfan"
« Ce que c'était, c'était un ensemble de versets »
"Yr hyn oedd yn set o adnodau"
« S'il vous plaît, Votre Majesté », dit le coquin
"Os gwelwch yn dda, eich mawreddog," meddai'r
« Je n'ai pas écrit ces vers »
"Wnes i ddim ysgrifennu'r penillion hynny"
« et ils ne peuvent pas prouver que j'ai écrit quoi que ce soit »
"Ni allant brofi fy mod wedi ysgrifennu unrhyw beth"
« Il n'y a pas de nom signé à la fin »
'Does dim enw wedi ei arwyddo ar y diwedd'
Le roi parla au fripon
Siaradodd y brenin â'r eglwys
« Vous avez dû vouloir causer des méfaits »
"Mae'n rhaid eich bod wedi bwriadu achosi rhywfaint o ddrygioni"
« Sinon, tu aurais signé ton nom comme un honnête homme »
"Fel arall, byddech chi wedi arwyddo'ch enw fel dyn onest"
Il y eut un claquement général de mains
Yr oedd cadachau cyffredinol o ddwylo
Et le roi se tourna vers le lapin blanc
a'r brenin yn troi at y gwningen wen
« Lisez les vers », ordonna-t-il
"Darllenwch yr adnodau," gorchmynnodd
Il y eut un silence de mort dans la cour
Cafwyd tawelwch marw yn y llys
et le lapin blanc lut les versets
ac mae'r gwningen wen yn darllen allan y penillion
Ils m'ont dit que vous étiez allé chez elle
Dywedon nhw wrthyf eich bod wedi bod wrthi hi
Et ils lui parlèrent de moi

A dyma nhw'n sôn amdano fe
Elle m'a donné un bon caractère
Rhoddodd gymeriad da i mi
Mais elle a dit que je ne savais pas nager
Ond dywedodd nad oeddwn i'n gallu nofio
Il leur a fait savoir que je n'étais pas parti
Anfonodd air atynt nad oeddwn wedi mynd
Nous savons que c'est vrai
Rydym yn gwybod ei fod yn wir
Si elle poussait l'affaire, que deviendriez-vous ?
Pe bai'n rhaid iddi fwrw ymlaen â'r mater, beth fyddai'n
digwydd i chi?
Je lui en ai donné un, ils lui en ont donné deux
Rhoddais hi iddi, a rhoddasant iddo ddau
Vous nous en avez donné trois ou plus
Rydych wedi rhoi tri neu fwy i ni
Ils sont tous revenus de sa part vers vous
A hwy oll a'i dychwelasant oddi wrtho ef,
bien qu'ils aient été les miens avant
Er eu bod yn fy un i o'r blaen
Si j'avais la chance d'être
Os dylwn i neu hi gael cyfle i fod yn
Si j'étais impliqué dans cette affaire
Pe bawn i neu hi wedi bod yn rhan o'r berthynas hon
Il compte en vous pour les libérer
Mae'n ymddiried ynoch chi i'w rhyddhau nhw
Exactement comme nous étions
Yn union fel yr oeddem
Mon idée, c'est que vous aviez été
Fy syniad i oedd eich bod wedi bod
Avant qu'elle n'ait cette crise
Cyn iddi gael y swydd hon
Un obstacle qui s'est dressé entre
Rhwystr a ddaeth rhwng
Lui, et nous-mêmes, et cela
Ef, ac i ni ein hunain, ac
Ne lui faites pas savoir qu'elle les aimait mieux

Peidiwch â gadael iddo wybod ei fod yn eu hoffi orau

Car cela doit être à jamais un secret, caché à tous les autres

Oherwydd rhaid i hyn fod yn gyfrinach am byth, wedi'i gadw rhag yr holl weddill.

Ce secret doit rester un secret entre vous et moi

Rhaid i'r gyfrinach hon aros yn gyfrinach rhyngoch chi a fi

Le roi était très impressionné

Roedd y brenin yn drist iawn

« C'est la preuve la plus importante que nous ayons entendue jusqu'à présent »

"Dyna'r dystiolaeth bwysicaf rydyn ni wedi'i chlywed eto"

— Je ne crois pas que ces vers aient un atome de sens, objecta Alice

"Dwi ddim yn credu bod yr adnodau hynny'n cario atom o ystyr," meddai Alice

le roi avait sa propre opinion sur la question

Roedd gan y Brenin ei farn ei hun ar y mater

« S'il n'y a pas de sens dans ces mots, cela sauve un monde de problèmes »

"Os nad oes ystyr yn y geiriau hynny, mae hynny'n achub byd o drafferth"

« Alors nous n'avons pas besoin d'essayer de trouver le sens »

"Nid oes rhaid i ni geisio dod o hyd i'r ystyr"

« Laissons le jury délibérer sur son verdict »

"Gadewch i'r rheithgor ystyried eu dyfarniad"

« Non, non ! » dit la reine

'Na, na!' meddai'r Frenhines

« La condamnation d'abord, le verdict ensuite »

"Dedfrydu'n gyntaf—dyfarniad wedyn"

« Des bêtises et des bêtises ! » dit Alice à haute voix

"Stwff a nonsens!" meddai Alice yn uchel

« Comme il est stupide de condamner l'accusé en premier ! »

"Pa mor wirion yw dedfrydu'r diffynnydd yn gyntaf!"

« Tais-toi ! » dit la reine en devenant violette

"Dal dy dafod!" meddai'r frenhines, gan droi'n borffor

« Je ne me tairai pas ! » dit Alice

'Wna i ddim dal fy nhafod!' meddai Alice

cria la reine à tue-tête

Gwaeddodd y frenhines ar ben ei llais

« Coupez-lui la tête ! »

"Tynnwch eich pen i ffwrdd!"

Personne n'a fait un mouvement

Ni wnaeth neb fudiad

« Qui se soucie de ce que vous dites ? » dit Alice

'Pwy sy'n poeni beth rwyt ti'n ei ddweud?' meddai Alice

Elle avait atteint sa taille maximale à ce moment-là

Roedd hi wedi tyfu i'w maint llawn erbyn hyn

« Tu n'es rien d'autre qu'un jeu de cartes ! »

"Dydych chi ddim yn ddim byd ond pecyn o gardiau!"

À ces mots, toutes les cartes se levèrent dans les airs

Ar hyn, mae'r holl gardiau codi yn yr awyr

et toutes les cartes s'abattaient sur elle

A daeth yr holl gardiau yn hedfan i lawr ar ei

Elle poussa un petit cri

Rhoddodd hi ychydig o sgrech

Elle était à moitié effrayée, mais aussi en colère

Roedd hi'n hanner ofn, ond hefyd yn ddig

Et elle a essayé de se battre contre les cartes

ac mae hi'n ceisio ymladd y cardiau oddi ar ei hun

puis elle se retrouva allongée sur le talus d'herbe

ac yna cafodd ei hun yn gorwedd ar lan y glaswellt

Sa tête était sur les genoux de sa sœur

Roedd ei phen yn lap ei chwaer

Des feuilles mortes s'étaient posées sur son visage

Roedd rhai dail marw wedi glanio ar ei hwyneb

et sa sœur balayait doucement les feuilles

a'i chwaer yn brwsio'r dail i ffwrdd yn ysgafn

« Réveille-toi, ma chère Alice ! » dit sa sœur

"Deffro, Alice annwyl!" meddai ei chwaer

« Quel long sommeil tu as eu ! »

"Am faint o gwsg rydych chi wedi'i gael!"

« Oh, j'ai fait un rêve si curieux ! » dit Alice

"O, dwi wedi cael breuddwyd mor rhyfedd!" meddai Alice

Et elle raconta à sa sœur tout ce qu'elle pouvait se rappeler

A dywedodd wrth ei chwaer bopeth y gallai ei gofio.

toutes les étranges aventures que vous venez de lire

yr holl anturiaethau rhyfedd yr ydych newydd fod yn darllen amdanynt

Alice se leva et s'enfuit en courant

Dringodd Alice a rhedeg i ffwrdd

et elle pensait, tout en courant, à son rêve

Ac roedd hi'n meddwl, tra roedd hi'n rhedeg, am ei breuddwyd

« Quel rêve merveilleux cela avait été ! »

"Dyna oedd breuddwyd ryfeddol!"